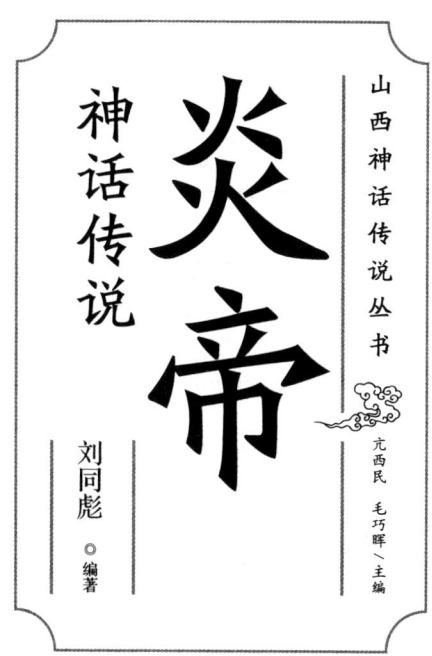

图书在版编目（CIP）数据

炎帝神话传说 / 刘同彪编著 . — 太原：北岳文艺出版社，2021.9（2022.11 重印）
（山西神话传说丛书 / 亢西民，毛巧晖主编）
ISBN 978-7-5378-6447-3

Ⅰ . ①炎… Ⅱ . ①刘… Ⅲ . ①神话—作品集—中国 Ⅳ . ① I277.5

中国版本图书馆 CIP 数据核字（2021）第 174759 号

炎帝神话传说
刘同彪 / 编著

//

出品人
郭文礼

责任编辑
王国柱

助理编辑
金国安

书籍设计
张永文

印装监制
郭勇

出版发行：山西出版传媒集团·北岳文艺出版社
地址：山西省太原市并州南路 57 号　邮编：030012
电话：0351-5628697
传真：0351-5628680
经销商：新华书店
印刷装订：山西人民印刷有限责任公司
开本：890mm×1240mm　1/32
字数：120 千字
印张：5.25
版次：2021 年 9 月第 1 版
印次：2022 年 11 月山西第 2 次印刷
书号：ISBN 978-7-5378-6447-3
定价：35.00 元

本书版权为本社独家所有，未经本社同意不得转载、摘编或复制

《山西神话传说丛书》
编委会

主　　任　卫建国
副 主 任　亢西民　毛巧晖
成　　员　（以姓氏笔画为序）
　　　　　　万俊人　卫建国　毛巧晖　亢西民
　　　　　　白　宁　刘小明　刘同彪　李小刚
　　　　　　张　歆　陈勤建　范婷婷　秦作栋
　　　　　　高忠严　黄金龙　崔　楠　续小强

丛 书 主 编　亢西民　毛巧晖
丛书副主编　高忠严　刘同彪　李小刚

总序

山西地处华北黄土高原，东有太行，西有吕梁，南临黄河，北凭古长城，物阜民丰，人杰地灵，唐代文学家柳宗元称之为"表里山河"。山西有文字记载的历史长达三千年之久，素有"中国古代文化博物馆"之称。位于晋陕豫黄河大拐弯腹地的晋南地区，更是土地肥沃，宜稼宜穑。据考古发掘证明，早在旧石器时代，就有先民在此繁衍生息。当前，在我国发现的两百多处旧石器时代早期遗址中，有五分之四是在山西。其中最早、最具代表性的是位于黄河之畔的山西芮城西侯度遗址，在这里发掘出的火烧骨化石证实了早在一百八十万年前，在此繁衍生息的中华民族先祖已经燃起了人类文明的第一把圣火，在运城夏县西阴文化遗址中发现的蚕茧化石，证明早在六千年前的晋南一带人们已经开始养蚕缫丝；在临汾襄汾县陶寺村西南发掘出的四千多年前的古城遗址，被学者们认为是当时东方世界规模最大的城市，很有可能就是帝尧的都城，此外这里还有传说中帝舜和大禹的都城①，尚待考古发掘的进一步证实和探究。有鉴于此，文化学者们把晋南称之为"古中国"，而以此为中心的黄河流域便是中华民族当之无愧的发祥地和中华文明的摇篮。

在山西这片沃土上，千百年来就流传着无数优美动人的神话故事和传说。如女娲补天、帝尧教民掘井取水、大禹治水、黄帝斩蚩尤、后稷教民稼穑、嫘祖教民养蚕缫丝等等。在中国神话学界有所谓"昆仑神话""太行神话"②"蓬莱神话""楚神话"之说，其主体是"昆仑神话"和"太行神话"；而山西，特别是晋南、晋东南所处的太行一带，正是"太行神话"流传的中心地。在山西省域流传的神话传说中，尽管包含和杂糅有前述三种神话系列的神话传说，但其核心部分则是太行系列的神话传说。因此，某种程度而言，山西流传的神话传说，即"太行神话"，亦即上古中国的神话传说。

基于对中华民族传统文化、故土文化的热爱，山西师范大学"黄河民俗文化研究所"和"比较文化与文学研究所"的师生们，对山西省域内流传的神话传说以及民俗文化进行了长期、系统、深入的调查与研究，写出大量的学位论文和学术论文，本丛书就是在这些研究成果的基础之上进一步整理、加工、提升、撰写而成的。

---

① 晋代皇甫谧《历代帝王世纪》："尧都平阳，舜都蒲坂，禹都安邑。"蒲坂，今山西永济古称；安邑，古代都邑名，位于今运城盐湖区。
② 又称"中原神话"。

本丛书所辑录、整理和研究的神话传说，从主人公的出生地及故事流传地域几方面因素来考量，大致分为以下几种情形：一种是神话传说之主人公出生地在山西，故事原生地也多在山西，主要流传于山西某地或其他地区的神话传说，如帝尧[①]的神话传说、帝舜[②]的神话传说、后稷的故事、师旷的故事等等；一种是神话传说之主人公出生地在其他地区，但在山西留下大量活动的足迹，故事的原生地是山西，主要流传于山西或其他地区的神话传说，如黄帝的神话传说、大禹治水神话、姜嫄的故事等等；还有一种是神话传说之主人公出生于其他地区，故事的原生地也在其他地区，但在山西地区有着广泛流传的神话传说，如夸父逐日、仓颉造字等等。不管是何种情形，这些神话传说的共同特点是都有着积极的思想内涵：其中有的神话传说，如盘古开天辟地、共工怒触不周之山、女娲造人，所反映的是中华民族的先祖们尽管对当时所生活的世界、自然社会环境与种种自然社会现象缺乏认识和了解，也无从对这些现象做出科学解释，但他们又渴望了解和把握这些现象，并且进一步做出了化害为利、征服自然的积极可贵的尝试和努力；有的神话传说所反映的是先祖们在恶劣的自然环境下，直面种

[①] 帝尧出生地，国内文化学术界除"山西临汾说"之外，尚有"河北保定说""江苏金湖说"等。
[②] 帝舜出生地，除"山西永济说"外，国内文化学术界还有"山东诸冯说""河南濮阳说""湖南永州说"。在今永济市及运城市域内有许多与帝舜活动有关的地名，可视作"山西永济说"的佐证。

种艰难险阻、生存困境，所表现出的勇于斗争、不甘屈服妥协的坚强意志和抗争精神，如愚公移山、羿射九日、大禹治水；有的神话传说反映的是先祖们在民族部落时代，面对自然和社会界的敌人，在战争中所体现的崇高英雄气概，以及在治国理政、处理种种人伦关系中所表现出的贤良美德，如尧舜禅让、杨家将故事与关公故事等等；有的神话传说则彰显的是先祖们长期以来同大自然与社会斗争的伟大发明创造，以及在其中所显现的聪明、才能、经验和智慧，如帝尧掘井取水、嫘祖教民养蚕缫丝、后稷教民稼穑、羲和制定天文历法等等。

在这些神话传说中，熔塑出许多形象生动、性格鲜明的人物形象，如仁爱贤德治国为民的帝尧、三过家门而不入的治水英雄大禹、爱情真挚坚韧的牛郎织女、忠义仁勇的关公等等，这些形象已经深深镌刻在中华民族后人的心中，成为一种深厚的民族文化积淀和鲜明的民族文化标志。同时，这些神话传说的艺术表现形式也非常优美，具有经久不衰的艺术魅力。如大禹治水的神话传说：大禹为根治水患，经年奋战，三过家门而不入，吸取父亲治水的教训，改堵为疏，而最终成功治水。故事情节曲折生动，十分感人。又如愚公移山的故事，把愚公与智叟进行对比，凸显出愚公朴实、坚毅的美好品质，故事富于哲理和教育意义。

这些神话传说具有浓郁的民族特色和地方文化特色。与古希腊以及其他西方国家民族的神话传说不同的是：这些神话传说的题材反映的多是先民在上古农耕生活中人与穷山恶水、恶劣的自然环境之间，以及不同氏族部落之间为争夺生存空间而进行的斗争生活；而作为航海民族和游牧民族神话传说中常见的航海冒险、降龙伏虎之类的英雄故事在山西神话传说中则十分罕见，由此而显现出上古时期我们先祖在黄河流域的生活状貌具有鲜明的农耕民族神话的特色。此外，这些神话传说中的英雄人物也与西方民族神话传说中的英雄人物不同，他们身上所彰显的不只是武艺高强、勇武善战、视死如归的个人品质和英雄风范，同时，还更多地展现出对于民族（或氏族部落）的集体责任感和家国情怀，以及为人处世方面的品质和贤德。后世中国民族文学中的英雄与西方文学中英雄的差异则由此开启先河。

这些神话传说，是华夏民族的先祖生活经历以及认识把握自我和周围世界的经验智慧的结晶，是人类思维最早绽放的文明智慧之花，可以被视作当时人们生活的"元科学""元艺术"和"百科全书"。在千百年的流传过程中，人们把自己的生活体验、理想愿望、价值观念、审美理想凝聚其中，从而观照出中华民族成长繁衍的历史，其中深深地镌刻着中华民族的集体文化记忆，隐含着深厚的中华民族的种族基因，以及中华民族文化何以成为一种和合文化、伦理文化的深刻文化逻辑，从中我们可以找到解读中华民族文化符码的钥匙。

最后，需要我们特别说明的是，我们在搜集、研究、撰写山西神话传说与民间故事的过程中，广泛吸收和借鉴了国内许多专家和山西师范大学"黄河民俗文化研究所"师生们的研究成果;曾经受到来自山西师范大学、山西省文化科技相关政府机构以及北岳文艺出版社领导和编辑们方方面面的支持和关爱;山西师范大学文学院民俗学专业和比较文学与世界文学专业的研究生白宁、王静、卓琳、李欣静、闫慧芳、李娜、岳文凯、牛靖晶、李佳、王存弟、黄金龙、薛圆媛、杨海玉、崔楠等同学在前期做了大量的资料搜集和初步研究工作。在此我们一并向他们表示真挚的感谢!因水平和能力所限,本丛书的不足和疏漏之处也在所难免。希望得到广大专家和读者的批评指正。

亢西民
2019 年 10 月于尧都平阳

目录

导言 ···001

一 神话传说

（一）炎帝神农的诞生 ·················008
（二）农业的发明者 ····················011
    丹雀衔九穗禾 ······················011
    神蚁衔谷 ··························012
    狮子狗盗谷种 ······················013
    太阳授谷 ··························014
    炎帝家人的贡献 ····················015
    农具的发明 ························016
    炎帝抱太阳 ························017

（三）医药的发明者 ··018
　　凤凰衔鞭与断肠草 ··019
　　獐狮狗尝药 ··021
　　药蟾的来历 ··023
　　生姜祛毒 ··024
　　神农误食砒霜 ···026
　　换马村、不应村的来历 ······································027
（四）炎黄之间的战争 ··029
（五）炎帝的女儿 ··034
　　精卫填海 ··034
　　巫山神女瑶姬 ···040
（六）炎帝战麒麟 ··043
（七）神农与玄女 ··046

二　民俗与信仰

（一）炎帝神农的祭祀与庙会 ···································054
　　晋东南地区官祭活动 ···056
　　晋东南地区民间祭祀 ···060
（二）炎帝神农的日常信仰与民俗活动 ·····················065
（三）其他地区炎帝神农的民俗信仰 ·························071

三　文献与古迹

（一）炎帝神农的文献资料 ·················085
（二）炎帝神农的文化遗迹 ·················109
　　山西省 ································109
　　陕西省 ································119
　　湖北省 ································120
　　湖南省 ································122

四　文化内涵

（一）农耕文明的先声 ·····················128
（二）医药文化的开端 ·····················132
（三）礼乐文化的萌芽 ·····················136
（四）勇于探索的创新精神 ·················141
（五）自强不息的奋斗精神 ·················145
（六）无私奉献的大公精神 ·················148

参考文献 ·································152

导言

提到炎帝，我们不得不谈及神农，不得不说一说他们之间的关系。在这个问题上，历来存在两种不同的声音：一说为"炎帝即神农"，二者是同一神话人物；一说为"炎帝非神农"，二者是不同的神话人物。这两种说法，哪一种更加可靠？哪一种更加符合神话传说的本来面貌？却是难以说清楚的问题。

若从文献上考证，炎帝和神农最初不是同一个神话人物，他们生活在不同的时期，他们的神话有着不同的文化内涵。但是，随着年代的推移，炎帝和神农的神话在口耳相传中发生了变异，后来人们越来越倾向于将这两位神话人物融合为一，他们成为你中有我、我中有你，彼此难以分割的传说人物。

据刘毓庆先生对炎帝、神农相关文献的梳理与考证，先秦文献大都将炎帝、神农分开记述：在描述神农时，多将他列入三皇之中讨论，其功绩主要在农业和医药的发明上；而在描述炎帝时，没有将他与农业、医药联系起来，而是突出他与火的关系，并且开始有了战争,倾向于政治上的意义。①我们从中可以看出,最初炎帝和神农的神话反映的是远古时代的不同社会面相,它们分属于不同的神话体系,呈现不同的文化意义。

自秦汉始,文献逐渐将炎帝和神农连在一起叙述,说炎帝就是神农,或者炎帝是神农的后代,炎帝也随之成为农业、医药的发明者,具有了神农的色彩。于是,炎帝和神农再也难以分开,二者很多时候可以相互替代,这种状况一直延续到今天。

炎帝与神农的融合,反映了神话、传说的传承与变异特征。不管炎帝和神农是否为同一个神话人物,其关系究竟如何,我们今天在谈论炎帝时,都应该将他与神农合在一起综合考量,因为炎帝和神农神话传说的融合,已经有了两千余年的历史,其本身已成为一种历史文化现象。

炎帝和神农是具有崇高地位的神话人物,神农位列三皇,炎帝与黄帝可以相提并论,他们一起被尊为中华始祖,中华民族遂有"炎黄子孙"之称。炎帝与神农神话传说的文化意义是显而易见的,他们的神话传说反映了中国农耕文明伊始时期的状况,作为中国农耕文明的开创者,炎帝与神农发明谷物与农具,教民耕种,又亲尝百草,发明医药,人们得以过上定居的稳定生活。他们不畏艰难、勇于探索的精神,以及舍己为公的奉献意识,成为中华民族的宝贵精神财富。

---

① 刘毓庆:《上党神农氏传说与华夏文明起源》,人民出版社,2008,第14~30页。

炎帝与神农的神话传说主要流传于山西、陕西、河南、湖北、湖南等地，尤以山西古上党地区的高平、长子等县以及太行、太岳之野最为集中。人们在这些地方发现了大量与炎帝、神农相关的神话传说、文化遗迹和民俗活动。例如，神话传说方面，上党地区的高平、长子等地，至今流传很多关于炎帝、神农发明谷物、医药的神话传说，是炎帝、神农神话传说最为密集的地区之一。文化遗迹方面，长子、高平、长治交接处的羊头山，高平炎帝陵、长治的百谷山、潞城凤凰山、长子发鸠山等，以及散布其间的众多炎帝庙、神农庙及大量碑刻，亦有历代文人墨客留下数量可观的关于炎帝、神农的诗文。民俗活动方面，高平、长子等上党地区的炎帝祭祀和崇拜活动的氛围十分浓厚，当地民众将炎帝、神农视为地方保护神，凡求子、祈雨、婚嫁等重要之事，都要前往炎帝庙祭拜，而这种祭祀和信仰活动在官方和民间都有呈现。因此，无论是文献考古，还是民俗信仰活动，抑或是民众的口头资料，都表明了山西古上党地区与炎帝、神农的神话传说及信仰有着千丝万缕的联系，这里是炎帝、神农神话传说的传承中心。

在很长的历史时期里，中国是一个以农为主的社会，我们的祖先创造了发达的农耕文明，我们的传统文化建立在农耕文明基础之上，我们中国人的特质也孕育于农耕文明之中。而炎帝、神农的神话传说，正是中国农耕文明的历史映射，它对于我们理解中国的农耕文明以及在此基础上发展起来的中华传统文化、民族精神、价值观念都具有重要的文化意义。本书对炎帝、神农的神话传说、民俗信仰、文献古迹及其在各地的呈现进行一番梳理,并在此基础上,挖掘炎帝、神农神话传说的文化内涵及其当代价值。

一

神话传说

神话是远古时期人们的想象，它与传说有着很大的不同。本书所探讨的炎帝与神农的神话传说，有些可归入神话，也有相当部分只能归入传说。另外，炎帝与神农的神话传说又错综复杂地交织融合在一起，难以分辨彼此。对此，笔者不做过多的严格区分，仅就它们呈现的历史阶段、文化内涵予以清晰地交代。

（一）炎帝神农的诞生

炎帝神农最初作为中国神话中的人物，他们都具有神性，不同于人间的帝王，其出生颇具灵异色彩。炎帝与神农是少典的后代，少典是何许神话人物，这很难考证。文献记载，神农的母亲为少典的妃子安登。一天，安登外出游玩时，与神龙发生感应，随后在常羊这个地方生下神农。神农出生后，异于常人，他的容貌是"人面龙颜"，有天帝之相。神农生长很快，他生下来三天就能说话，五天就学会了走路，七天就长齐了牙齿，到了三岁的时候，他就懂得了农业耕种的知识。在他出生的那一天，附近地方还发生了一件奇异的事情，即"九井自穿"，他的家乡出现九口相通的井。于是，人们认为神农有通天地的神力。

秦汉以来，炎帝与神农的神话传说逐渐融合在一起，炎帝被认为与神农是同一神话人物，或是神农之后。于是炎帝的出生就有了神农的一些特征，且与黄帝的神话联系起来。炎帝遂被描述为与黄帝是同父母的兄弟，他和黄帝都是少典、有蟜氏的儿子。但炎帝和黄帝成长和发展壮大的地域不同,黄帝成于姬水,而炎帝成于姜水。所以,后世说炎帝为姜姓。炎帝神农的形象,除了具有龙颜之外,还被刻画为"人身牛首""大唇"这些外貌特征。

在民间传说中,炎帝还有一个名称叫石年,据说他有三个母亲。原来,炎帝神农的母亲安登有一

炎帝像

次去外边采集食物,她将年幼的炎帝放在一旁,让他自己玩耍。后来,安登沉浸于劳动之中,不知不觉走远了。由于孩子长时间看不到母亲,加上天气炎热,肚子饿得咕咕叫,于是幼小的炎帝大哭起来。他的哭声引起了神鹰的注意,它从天空飞到炎帝身边,张开宽大的翅膀,为他遮阴扇凉。仙鹿也听到了炎帝的哭声,它赶过来为炎帝哺乳。这样炎帝吃着仙鹿的奶,在神鹰大翅膀的庇护下,很快睡着了。从此以后,每当安登忙碌起来,无暇照看炎帝时,神鹰和仙鹿都会过来陪伴炎帝。时间长了,附近人们也把神鹰、仙鹿看成是炎帝的母亲,这样炎帝就有了三个母亲。在安登、神鹰、仙鹿的抚育下,炎帝生长得很快。他身长八尺,人身

牛首，龙唇大眉，孔武有力。他的身上兼有安登的慈爱、神鹰的矫健和仙鹿的聪慧。炎帝长大成人后，神鹰、仙鹿向他告别，叮嘱他多做善事，为族人排忧解难。炎帝谨记神鹰、仙鹿的教诲，他见族人采集狩猎十分辛苦，还经常没有收获，填不饱肚子，过着居无定所的漂泊生活。于是，炎帝不辞艰辛，发现百谷，教民耕种，为族人提供了稳定的食物来源。人们感激炎帝，推选他为部落领袖。

（二）农业的发明者

炎帝神农的功绩很多，其首要功劳莫过于找到了可食的五谷，教民稼穑，开创了农耕文明。在早期的神话传说中，五谷农耕的发明，主要归于神农，而最初炎帝与之关系不大。但秦汉以后，随着炎帝、神农神话传说的融合，炎帝也具有了农业发明者的属性。至于炎帝神农是如何求得可食之物的？又是如何教会百姓种植五谷的？则后世众说纷纭，随之形成数量可观的炎帝神农发明五谷的传说。

丹雀衔九穗禾

炎帝成为部落首领后，靠采集和狩猎获得的食物越来越满足不了人们的需求。炎帝决定从植物中寻找可食之物。有一天，炎帝正在寻找能吃的植物，一只丹雀在空中飞翔，经过炎帝时，丹雀嘴中衔的一株草掉了下来。炎帝捡起来一看，这株草上有九头穗，每头穗都看上去饱满盈实。他摘下一头穗，双手一搓，发现一粒粒洁白的圆形颗粒。炎帝吹去皮壳，将那白白的颗粒放入口中，细细咀嚼，不一会儿感到馨香无比。炎帝心中大喜，这正是他苦苦寻求的可食植物。炎帝将剩余的颗粒种在土地里，第二年长出了像丹雀所衔的一样的植物。炎帝组织族人推广种植这种植物，从此人们有了稳定的食物。炎帝发现的这种能吃的植物，就是后来的稻谷。

丹雀衔九穗禾的传说在东晋王嘉《拾遗记》中即有记载。民间流传着一段与之相似的传说。说是炎帝在梦中遇到一位白须老者，启发他向天上的飞鸟学习食草籽儿。炎帝找到麻雀，注意它在草丛中寻找食物。炎帝见麻雀找到了一个又大又圆的草籽儿，一下子吞进肚子里。炎帝赶紧跑过去，在附近找到了一些刚才麻雀吞食的草籽儿，放在嘴里慢慢咀嚼，感觉甜丝丝的，很好吃。炎帝就将这些草籽儿种在田地里，第二年长出来的植物结出了许多穗来，个个含着又大又圆的能吃的草籽儿。炎帝把收获的草籽儿与族人分享，大家都觉得好吃。从此，人们就学会了种植能吃的草籽儿，过上了较为稳定的生活。因为那些能吃的草籽儿最早是在山谷中发现的，人们就称之为"谷子"。

神蚁衔谷

在山西古上党地区，当地人称蚂蚁为神蚁，这个称呼与炎帝发明稻谷有关。炎帝不断试验能食的植物。有一次,炎帝看见一只布谷鸟衔着一株带穗的植物,停在地上啄食穗上的颗粒。炎帝意识到布谷鸟啄食的东西可能就是他日夜寻找的粮食,于是赶紧跑过去捡拾布谷鸟啄食的颗粒,不料这时一阵大风吹来,将那些颗粒吹到附近的石头缝里了。由于石缝太小,炎帝的手伸不进去捡拾,正在着急之时,突然看见一只蚂蚁迅速钻到石缝里,一会儿把那刮入石缝的颗粒衔了出来。炎帝大喜,对蚂蚁充满感激,接连说了几声:"神蚁!神蚁!"炎帝捡起颗粒,咀嚼之后,发现正是他苦苦寻找的能吃的植物。族人们知道这件事后,在感激炎帝之时,也都觉得蚂蚁也立了功劳,从此之后,人们就称蚂蚁为神蚁。

炎帝一开始发现能食的植物后,并没有给这种植物命名,也不清楚什么时候播种合适。到了来年春季,飞来很多布谷鸟,它们绕着炎帝欢快地叫着"布谷布谷",像是要告诉炎帝做什么事似的。炎帝思考片刻,突然意识到布谷鸟是在提醒自己赶紧播种那能食的植物。炎帝及时布种,获得了丰收。炎帝觉得布谷鸟很有神性,就根据布谷鸟"布谷布谷"的叫声,给发现的能食的植物命名为谷子。

狮子狗盗谷种

炎帝梦见天上有可食的谷种,但想不出办法到天上取。炎帝有只狮子狗，神通有灵性，它决定帮炎帝到天上找来谷种。狮子狗来到天庭的晒谷场，将身上的毛打湿，趁看谷的神仙不注意，在谷子上打了几滚，这样狮子狗全身沾满了谷种。天上的神仙发现狮子狗盗谷种，就去追赶它。狮子狗慌忙逃窜，在过河时把身上的谷种冲掉了。回到家，炎帝仔细在狮子狗身上找，终于在狮子狗的尾巴上找到了几粒未被河水冲跑的谷种。

炎帝把谷种种在水田里，一年之后长出了黄灿灿的稻子，这和炎帝梦里见过的粮食一模一样。炎帝开始收集谷种，教人们耕种粮食，人们吃着自己种的粮食，再也不用担心饿肚子了。人们感谢狮子狗从天庭盗来谷种，每年在"尝新节"的时候，祭祀完炎帝，都要给狗一碗新米饭，一碗粉蒸肉来犒劳这灵物。

太阳授谷

炎帝知道太阳那里有能吃的谷种，就去太阳山寻找。炎帝来到太阳山，太阳公公设了九道关口，如果炎帝闯过这九道关口，太阳公公就答应送给炎帝谷种。炎帝与巨龙搏斗，杀掉了巨龙，闯过了九道关口，于是太阳公公将谷种给了炎帝，并告诉他在春天播种，夏天就能收获，人们就不会挨饿了。炎帝谢过太阳公公，拿着谷种回去了。第二年春天，炎帝将谷种播种在有水的田地里。到了夏天，谷子长出来穗，可是谷粒扁扁的。炎帝夫人刚生了孩子，她看见谷子扁扁的，像是受到饥饿一般，就将自己的乳汁滴在谷粒上面,那些被滴了炎帝夫人乳汁的谷子长得饱满,而没有滴上乳汁的就显得瘪扁。神农将那些饱满的谷粒拣出来留作谷种,这些谷种长出来的谷粒都是饱满的。后来人们认为谷子、麦子这些五谷是喝着炎帝夫人的乳汁生长起来的,是养人的食物。

炎帝找到谷种后,依然面临很多问题。例如,什么时候播种?种在什么地方?使用什么工具?如何灌溉?等等。围绕这些问题,民间产生了许多传说。

炎帝家人的贡献

在发明和种植稻谷上,炎帝的家人也做出了巨大的贡献。传说最初五谷大都有毒素,只有将毒素去掉才能食用。炎帝的几个儿子都曾因尝食谷毒而险些丧命,他们为去掉谷子的毒素立下功劳。炎帝的大儿子尝食小米上的谷毒,差点晕过去。炎帝的岳母用针在小米上刺了个小洞,毒汁才流出来,这样处理后小米才能安全食用。我们见到小米上都有一个小点,这便是当年炎帝岳母用针刺小米留下的。炎帝的二儿子尝食麦子上的谷毒也差点丧命。又是炎帝的岳母帮助炎帝抽掉麦粒上的筋,毒汁才得以流出来。我们看到麦粒上有一条沟,这是麦粒被抽掉筋的缘故。炎帝的三儿子尝食豆子上的谷毒,几乎被毒死。炎帝非常生气,一怒之下把豆子劈成了两半,没想到毒液也因此流了出来。从此以后,人们吃豆子再也没有中过毒，但豆子却成了两半形状。

传说石臼是炎帝的妻子发明的，人们学会种植五谷之后，怎样去掉五谷的皮壳成了一大难题。炎帝的妻子偶然发现一块石板上有凹陷的地方，她将谷粒放入凹槽，用木棒捣里面的谷粒，这样谷粒表层的皮壳就脱离了。后来，这个方法被人们纷纷效仿，并逐渐完善，就由此创造了石臼。

农具的发明

炎帝发明五谷后，亲自教民耕种，但靠手挖坑刨土太过辛劳，效率也很低。于是，炎帝又琢磨怎样又快又好地翻整土地？没多久，他发明了耕田用的耒耜，这下犁地效率大大提高，也不用那么辛苦了。人们听说炎帝发明了犁地的工具，都想看看是否管用。大家见到耒耜，纷纷议论，这个东西能帮助人们耕田吗？只见一个长长的木柄向后倾斜，木柄下方有个底座，椭圆形的厚木板倾斜在底座上，一块尖锐的木板立在下面，底端有几条粗壮的绳子。炎帝带着几个身强力壮的小伙子开始犁地，他一声令下，小伙子们背起犁绳向前方走去，耒耜走过的地方留下一条深深的土壕，返回来拉犁时，旁边土壕的土又将空的土壕填满，这样来来回回，不一会儿，厚重僵硬的土地变得松软整齐。人们不约而同地鼓起掌来。从此以后，人们学会了耕种粮食的方法，吃上了香甜可口的米饭。

炎帝抱太阳

炎帝得到谷种后，专门开辟一块空地，尝试种植。但过了很久，也不见谷子发芽。后来好不容易发芽了，长成苗后却不见开花结果。炎帝非常着急，但就是找不出其中的原因。经过长时间观察，炎帝发现万物生长都需要阳光，谷物得不到阳光，自然不会顺利生长。

于是炎帝向上天祈祷，希望天帝让太阳出来照照大地。天帝被炎帝的仁爱之心感动，就派五色鸟帮助炎帝找太阳。五色鸟将炎帝驮到东海，红彤彤的太阳就藏在海面底下。炎帝赶紧抱住太阳，想马上带回他居住的地方姜城。大约飞过一半的路程，五色鸟又累又渴，他们只好停在河边休息一会儿。五色鸟喝足水，休息好后，连夜带炎帝赶回姜城。到了姜城后，却发现太阳不见了。原来他们途中在河边休息时，把太阳落下了。炎帝赶紧回去找，最终在二郎神的帮助下，又找到了太阳。

炎帝将太阳高高挂在空中，大地充满阳光和温暖。田里的谷种很快发芽、开花、结果。这样，人们才吃上自己种植的粮食，不再像以前那样经常饿着肚子。

（三）医药的发明者

炎帝神农的另一大功绩是发明了医药，与发明农耕类似，早期文献记载，多是说神农是医药的发明者，而多不言炎帝。神农尝百草的神话传说在中国很多地方都有流传，直到今日，人们对此也不陌生。

据历史文献记载，神农尝百草之滋味，辨其酸苦温凉属性，一日遇七十毒（也有文献说十二毒），最终知道了哪些草木可以疗疾，于是神农和药济民，医治夭伤之命，曾将经验写成医书，即后世所传之《本草》。还有文献记述，神农是玲珑玉体，能见其五脏六腑，得以了解毒之所在，因而能够解之。但后来吃了百足虫，这种虫子每一足都可以变成新的百足虫，以至千变万化，神农不能解，因而致死。

后世民间将炎帝神农发明医药的神话传说予以丰富，成为感人的故事。这些传说呈现炎帝神农不畏艰辛，不怕牺牲的舍己为公的奉献精神。在这个过程之中，炎帝神农亦得到了獐狮狗、蟾蛛等神奇动物的帮助。

凤凰衔鞭与断肠草

炎帝神农发明五谷后，不辞辛劳，与百姓一起种植稻谷。一天，炎帝在田间耕作，天气炎热，他因连日劳动，身体疲惫不堪，昏倒在田地里。不多久，一阵暴雨来袭，淋醒了炎帝。炎帝刚转醒，意识不清晰，他随手抓起身边的草苗塞到嘴里补充能量。谁知炎帝神农吃了草苗后顿感精神清爽，于是他断定这小小的植物有神奇的疗效，就用自己的姓为植物命名——姜。

此时，炎帝神农的部落流传一种疾病，感染的人终日昏昏欲睡，没有力气劳动，还有些抵抗力弱的老人和孩子被病魔夺去了生命。炎帝神农见族人被疾病折磨，决心找到解除疾病的方法。他突然想到之前发现的姜，吃后能恢复精神，就想到植物中肯定有治好族人疾病的药材。于是，炎帝神农开始天天上山寻找治病的药材。他的肚子是透明的，能够观察吃进的东西在身体器官里的变化。炎帝神农将植物吃进肚子，仔细观察鉴别，但好几日过去了，还是一无所获。

一天，炎帝神农偶然发现有些患了病的动物，没过多久又活蹦乱跳，恢复健康了。他想这些动物应该是吃了可以解毒的东西，才好起来的，它们肯定知道哪里有能够治病的东西。炎帝神农找到一只患病的小鹿，悄悄地跟踪它。小鹿看上去东倒西歪的，无精打采，但它一直努力向前走着。小鹿在一些野草前停了下来，快速吃了很多野草。小鹿慢慢恢复了活力，不久欢快地跑进森林深处。这一切都被炎帝神农看得一清二楚，待小鹿跑后，他快速走到刚才小鹿吃过的野草旁，拔了很多那样的野草。炎帝神农回到族中，将带回来的野草熬成汤，分食给族人。人们喝了这种汤，症状不几天就消失了。

炎帝神农看见族人从疾疫康复，心里十分高兴。但他并没有满足这次的成就，他想若以后族人得了其他的病，这种野草未必能奏效，我得多找些这种能够治疗疾病的草药。想到这里，炎帝又日夜忙碌钻研起来。他遍尝山上的植物，了解它们的温凉功效。有时，他还会误食有毒的植物，炎帝神农便会遭受中毒的苦痛折磨。这样，炎帝记下哪些植物可食，可以用作药材，哪些植物不可食，会中毒。日复一日，炎帝不辞劳苦，对植物的属性认识越来越深刻了。

一天，炎帝神农像往日那样忙碌地辨别植物。突然，天上出现一朵火红的云彩，朝炎帝神农飘来。临近了炎帝才发现那火红的东西不是云彩，而是一只漂亮的凤凰。正在惊讶之际，空中传来一阵话语声："炎帝，你尝百草十分辛苦，免不了要损害自己身体。我念你功高劳苦，特赐你一条神鞭以分辨百草特性。希望它能帮助你治病救人，造福百姓。"声音刚落，只见那凤凰丢下嘴中衔着的神鞭，很快消失在空中。炎帝神农赶紧跑过去，找到凤凰丢下的神鞭。这把神鞭十分好用，炎帝神农用它鞭打草木，变绿了的是能吃的植物，变红的是有毒的植物。

自从有了神鞭，炎帝更加勤快，他知道自己年龄大了，要抓紧时间为部落做事。这一日，炎帝带着几个族人上山采药，挥舞神鞭后，有一株草奇异地变成了黄色，炎帝从没有见过变成黄色的草，他为了验证草的药性，决定亲自尝试。族人担心这株草有毒，纷纷劝阻炎帝神农尝食。炎帝神农觉得遇到新的植物总是要尝试的，若是有毒的草，别人食用了会中毒的，还是快点认清它的属性为好。炎帝神农将草吞进肚子，顿觉腹痛难当，肚子里所有器官都绞在一起，肠子更是寸寸俱断。炎帝无法抵抗这草的毒性，便晕死过去了。族人连忙呼救，但是已经来不及了。人们透过炎帝透明的肚子看到他的肠子都断成一截一截的，发黑溃烂。炎帝死后，人们把那种草叫作"断肠草"，告诫族人，千万不能食它。

獐狮狗尝药

炎帝进山采药时发现一只獐狮狗，这獐狮狗不是普通的狗，它是一只神兽，它通体透明，毛发又长又密，跑起来晶莹剔透，又叫玻璃狗。獐狮狗很有灵性，炎帝非常喜欢它，尝药时带上它，能帮炎帝不少忙。獐狮狗十分忠诚，为了不让炎帝自己试药，炎帝每发现一味新药，它便抢着吞到自己的肚子里，让炎帝观察药物通过各个器官的反应。炎帝自己尝药时，只能尝一些植物的叶子、根茎，獐狮狗却大不一样，天上的鸟、地上的虫、水里的鱼，它都能吃到肚子里尝出药性。炎帝得了这奇兽，尝起药来更加方便快捷。

有一天，炎帝像往常一样背着药袋，带着獐狮狗出门采药。他在山中发现一条黑虫，乍一看与其他虫子没什么不一样，只是一遇动静就卷成一团，头尾相连，像一颗又圆又亮的黑珠子。炎帝没见过这种黑虫，便拿在手中看。心想，不知这种黑虫能不能治病呢？炎帝正准备尝食黑虫，这时獐狮狗跑过来拦在炎帝面前，它用鼻子闻了闻黑虫，龇龇牙，摇摇脑袋，围着黑虫转来转去，不愿吃黑虫。炎帝还奇怪，獐狮狗今天怎么也害怕起虫子来，便顺手往獐狮狗面前推了推黑虫。獐狮狗小心翼翼地张开嘴，才嚼了两下，一股黑汁渗出来，獐狮狗赶紧吐掉黑虫，谁知黑虫的毒汁迅速传入每一个器官，眨眼的工夫，獐狮狗口吐白沫，透明的身体变成了黑黢黢的颜色。炎帝赶紧取出解毒的灵芝草，让獐狮狗服下，灵芝草也回天乏力，无法解这黑虫之毒。獐狮狗呜咽两声，望着炎帝落泪而亡。炎帝深感痛心，懊悔不已。这种黑虫被称为"滚珠虫"，又叫"千足虫"，身有剧毒，无病之人吃一口便立即身亡，身患恶瘤之人却能以毒攻毒，恢复如初。

民间自古有"不经獐狮药不灵"的说法，凡是经过獐狮狗肚子里平安无事的，人们就肯定是良药。时至今日，中药铺大都供着一只浑身透明的獐狮狗，为了警戒世人，不可以滥用药物。

药蟾的来历

传说昆仑山上住着一位青面獠牙的女神,人们叫她西王母。西王母养了三只大鸟,名字分别是大鹜、少鹜和青鸟,它们分工为西王母服务。大鹜负责为西王母采集水果,少鹜负责为西王母取水,青鸟负责掌管山中鸟兽,为西王母看守家园。

西王母生活的年代,人间瘟疫肆虐,老百姓深受疾病的困扰。西王母千辛万苦将那些到处作乱、传播瘟疫的毒虫猛兽抓了起来,把它们关在昆仑山上的三个大石洞里,用石锁将石洞的大门紧紧锁住,禁止打开。这样才控制了瘟疫的蔓延。

一天,青鸟路过这三个大石洞,听见里面的毒虫发出一阵又一阵的怪叫,便伸进头去看。毒虫趁机哀求青鸟把门打开,青鸟知道他们一出来就会祸害天下,死活不答应。毒虫便讨好道:"我们都在这里关了几万年了,连新鲜的空气都呼吸不到。青鸟大人,您行行好,就打开一条缝,我们透透气就行。"青鸟一时被鼓惑,拿来钥匙给开了一条缝。谁知这些毒虫野兽蜂拥而出,眨眼就不见了。从此之后,疾病又开始在人间迅速传播。

此时,神农掌管人间,他见不少人备受疾病折磨,心里很着急,就出门到处寻找可以解除疾病的药物。一天,神农正在山上找药,看见一只蟾蜍在吃草。蟾蜍吃了这边的草,又跳到另一边吃。他想:蟾蜍能吃的草,人一定也能吃,就把蟾蜍抓回去拿根绳子拴起来喂。自从有了蟾蜍,神农省了不少工夫。他把找到的草药先给蟾蜍吃，用这种方法来判断植物有没有毒。蟾蜍吃了白嫩的草，皮肤就会变得油光水亮；吃了黑不溜秋的草，皮肤会变成黑黝黝的，还浑身起疙瘩，上蹿下跳显得很不安生。神农据此判断，让蟾蜍焦躁不安的是毒草。从那以后，炎帝出门都要带着蟾蜍，采到药草先给它尝，毒草扔在一边，把好的药草背回家。

跟蟾蜍在一起时间长了，神农发现蟾蜍尝药时总是做出怪异的表情。有时候龇牙咧嘴，像是吃到了酸东西；有时候眉头挤在一起，像人吃了苦味的样子；有时候吐出舌头，大口呼气，像是吃到了辣东西；有时候吃完了还意犹未尽地舔嘴巴，跟吃了蜂蜜一般；有时候还孪舌头，像是吃多了盐巴。神农根据蟾蜍的反应，知道了植物有酸、甜、苦、辣、咸这几种药味。神农把这些植物的特性都记录下来，写成了医书，为后世用药治病打下了基础。

在神农尝百草，辨别药物的过程中，蟾蜍也立了大功。后来，开药铺的都会在店里供奉药蟾，以此纪念蟾蜍在发明中草药中的贡献。

生姜祛毒

很久以前，生姜的秆儿是绿幽幽的，长出的花朵又大又香又漂亮。但人们却十分厌恶它，因为它浑身都有毒，人摸了手烂，吃了心烂，连闻到它的味道鼻子都会烂。人们只要一看见它，都会把它踩倒，更有甚者，把它连根拔起扔在太阳底下暴晒。生姜看着自己的兄弟姐妹死了这么多，每天提心吊胆，东躲西藏。

一天，生姜跑到一片菜地旁边，它看见篱笆里面长满了蔬菜瓜果，一个个都腰宽体圆，在懒洋洋地晒太阳。一位白发苍苍的老大爷正在里面浇水灌溉。生姜这下不服气了，心想：园子里的小伙伴以前和自己一样长在野地里，有的还没长大就被牛羊吞在肚子里，没想到它们在这里生活得这么舒适！生姜偷偷溜进园子，推醒正在打瞌睡的冬瓜，问："你们怎么懒洋洋地在这里睡懒觉？那个浇水的白胡子老头是谁？"

冬瓜张开嘴巴，打了个哈欠，瞥了一眼生姜，对它说："这是神农啊，多亏了他把我们从野地里挖回来，还把我们种得整整齐齐的，我们长得这么好，又能当菜又能入药。"

生姜一听，气不打一处来，一个跟斗翻在神农面前，冲着神农嚷嚷："神农，神农，你也太偏心了！你把我的小伙伴种在园子里当宝贝供着，为什么不管我呢？我都快活不下去了。"

神农看了看这个不知从哪儿跳出来的小家伙，问："要我把你种上，你说说你有什么本事啊？"

"我叫生姜，本事大着呢，哪个也不敢惹我。牛羊吃了我烂心肝，虎豹吃了我烂脚丫。"神农听了哈哈大笑，"你本事太大了，我可用不起。我这园子里种的都是给人治病的，你又不能吃，也不能当药用，就怪不得我偏心了！"神农话音刚落，抬脚就往生姜上踩。

生姜知道神农这一脚下来，自己必死无疑。忙把脑袋一低，屁股一撅，一头钻进了泥巴地里。它这一钻，正好把自己身上的毒性都祛除了。

半年过去了，神农照常在园子里浇水，看到生姜钻下去的地方长出了小苗。他一锄头下去，正好把生姜挖了出来。他尝了一下，舌头辣乎乎的，能当菜也能当药。神农对生姜说："生姜呀生姜，看在你能祛毒生热的分上，就给你留一条后路。"

神农误食砒霜

神农是医药的发明者，传说他生于农历四月二十八。每年这一天，各地的药店老板都会去神农庙里烧香叩拜，祈求神农保佑药店生意兴旺。神农庙内的神农塑像跟其他神像往往不一样，其他的神像大都眉目清秀、威武端庄。但是神农的塑像却是瞪目龇牙，青脸红须，乍一看模样很吓人。为什么神农的雕像是这种样子呢，这跟下面的一段传说有关。

据说，神农生下来就有一个水晶般的肚子，五脏六腑都能看得清清楚楚。人也长得英俊，人们认为他是部落里最出众的男子。神农心地善良，看到有人生病没有办法治疗，心里难过，但也没想到什么办法。

有一天，神农在野地里垦荒，他又累又饿，肚子"咕噜咕噜"地响，又忽然觉得头晕目眩、四肢无力，便随手抓了一棵野草根塞在自己嘴里。一阵乱嚼过后，神农觉得自己精力充沛，浑身充满了力量。他心里想，这野草根有这么大用处，其他的野草肯定也是这样。从此以后,他就开始利用自己的水晶身体来尝食野草。别人生了病,他自己先尝草药,看草药在自己身体里如何反应,然后再选择合适的草药给病人吃。时间久了,神农总结了一些使用药草的经验,他发现酸属木入肝,苦属火入心,甘属土入脾,辛属金入肺,盐属水入肾,这为后世医学的发展奠定了基础。

神农尝百草

神农孜孜不倦地尝百草,但有一次误食了砒霜,中毒而死。他吞下砒霜之后,肚子里翻江倒海,脸色慢慢变成紫青色,嘴里喷出的血把头发、胡须都染红了,瞪目龇牙,样子变得十分难看。后人感念神农为尝药而死,按神农中毒时的样子给神农塑像,所以我们看到神农庙的神农塑像与众不同,看上去样子有些吓人。

换马村、不应村的来历

传说炎帝花费了十几年的功夫尝遍百草,对一些虫鱼鸟兽的药性也有了一些了解。唯独对一种长着许多条腿的褐色虫子心存戒备，不敢轻易尝食，人们称这种虫子为"百脚虫"。

一天，炎帝到黎都羊头山采药，来到一处地方，在那里看见许多条百脚虫。他下定决心尝食百脚虫，没想到刚一入口，就身中剧毒。炎帝连忙吃下备用的解药，但没能止住毒性的扩散。同去的族人赶紧将炎帝抬下山，寻求帮助。下山后，人们将炎帝扶上马，匆匆往回赶。行到一处村落时，炎帝疼痛难耐，人们便将炎帝扶下马，由人抬着走。这个炎帝下马的地方，后来人们就称为换马村。从换马村离开后，炎帝气息微弱，人们就高呼炎帝名字，起初炎帝还能发出声来回应，但后来就没有了应声，这时发现炎帝已经去世了。后来人们称炎帝无法回应时经过的村落为"不应村"，再后来这个村落又改名为"北营村"，一直沿用到现在。

（四）炎黄之间的战争

无论是在历史文献之中，还是在民间传说之中，炎帝与黄帝之间的关系都是不明确的。他们或为同父母兄弟，或为不同时代的神话人物。他们都曾是天帝或部落首领，拥有至高权力。相传他们之间在涿鹿或阪泉发生过战争，经过三次激烈的争夺，最终黄帝打败炎帝。关于炎黄之间的战争，有的文献和传说还反映，这场战争实际上是黄帝和蚩尤之间的争夺，蚩尤假借炎帝旗号攻打黄帝，而黄帝联合炎帝最终打败蚩尤。也有的说蚩尤是炎帝的后代，黄帝与蚩尤之间的战争，是炎黄战争的后续，是蚩尤为炎帝的复仇之战。

炎黄之间的战争，文献和神话的记述较为简略，后世民间传说在此基础上进行了发挥，内容变得丰富起来。如下面一则传说，将黄帝轩辕与炎帝神农共同击败蚩尤的过程刻画得十分详细。

远古时期，蚩尤经常侵扰黄帝轩辕和神农的部落，他掠夺了轩辕部落的粟米和人口，抢走了神农部落的陶器和农具，于是轩辕和神农联合起来，共同追逐蚩尤。他们打掉了蚩尤头上的牛角，眼看就要捉住他了，这时蚩尤口吐云雾，轩辕和神农在浓雾之中辨不清方向，惊慌之中放走了蚩尤。后来轩辕发明指南针，在大雾中也能分辨方向，轩辕和神农继续追赶蚩尤，他们越过高山，穿过草地，整整追了九九八十一天，还是没能追上蚩尤，但轩辕和神农都没有轻易放弃。

就这样追赶时间长了，轩辕和神农部落的人们就逐渐住在了一起，两个部落的人们慢慢熟悉起来，更加团结一致了。后来，轩辕和神农追到一片树林，在那里发现了蚩尤丢下的船和斧头，于是他们断定蚩尤是坐船逃到河流的对面去了。轩辕和神农就连夜造船，在河里划了三天三夜，终于看到河岸不远处蚩尤搭建的帐篷。轩辕和神农寻思着，蚩尤手下虽是残兵败将了，但他实在太厉害，不能轻敌。他们兵分两路，杀了个蚩尤措手不及，最后终于将蚩尤打败了。

轩辕和神农获得了胜利，心里很高兴。轩辕建议："这些日子，大家打仗也辛苦了。咱们让两个部落的人们好好吃一顿，犒赏犒赏大家，好好庆祝庆祝。"神农也说："行，那咱们吃蚩尤的稻米，用最大的陶鼎烧饭。"轩辕便带着男人们做陶坯，挖窑洞，让女人们去收稻谷。神农带着男人们砍柴、烧窑，女人们去舂米。没过几天，十几口大陶鼎做好了坯，神农看着轩辕族的男人们满身都是黄泥，一个个像是从泥里滚出来的，便笑道："你这个样子，不要叫轩辕了，干脆叫黄帝好了。"窑上生火，要烧坯了，神农和他部落的男人们每天站在窑洞前,被火熏得红彤彤的。轩辕也笑话神农,"你也不要叫神农了,这大红脸,叫炎帝好了。"

陶鼎烧成了,轩辕和神农非常高兴,部落的人们开始高呼"黄帝!炎帝!黄帝!炎帝!"十几口大陶鼎放在平地上,田里的妇女看见了,也开始跟着高呼:"黄帝!炎帝!黄帝!炎帝!"

这就是黄帝和炎帝名字的由来。

又如下面的一则传说,也是将炎帝、黄帝的战争与蚩尤联系在一起,也讲述了炎帝与黄帝部落是如何融合在一起的。

相传炎帝和黄帝都是少典氏的后裔,炎帝生活在姜水流域,便以姜为姓,他带领部落沿黄河而下,兼并小部落,成为黄河中部强大的部落联盟首领,又称为神农氏。黄帝出生在姬水流域,以姬为姓,向东迁徙到中原之后,居住在轩辕山上,兼并了十几个部落,成为很有势力的部落联盟首领,被称为轩辕氏。两个部落不断扩大自己的势力范围,平日里小争执不断,时间久了,两大联盟终于爆发了冲突。

蚩尤部落本是炎帝部落的一个分支,蚩尤头生牛角,身材高大,雄武有力。他有七十二个兄弟,全部铁额铜头,能够吞食石块。蚩尤骁勇善战,又很有野心,眼看炎帝日益年老,部落日渐分散,他便趁机作乱,自立门户。

蚩尤部落与黄帝部落起了冲突,双方大战。黄帝战蚩尤之际,炎帝在阪泉安营扎寨,隔山观虎斗,没有损耗兵力。与蚩尤部落大战后,黄帝部落元气大伤,兵力受损。炎帝部下谋臣纷纷进谏,希望炎帝趁此机会发起进攻，稳固部落在黄河流域的领导地位。炎帝先发制人，在轩辕城外点起了大火，城内外浓烟蔽日，经久不散。黄帝遂命应龙取水救火。黄帝私下仰慕炎帝的农耕技术和医术，想收了炎帝部落，为己所用，遂命令应龙率兵把炎帝赶回阪泉，但不可伤及性命。炎帝在与应龙的战争中失利，只好退回阪泉。黄帝在阪泉河谷，竖起了七面大旗，展开七星斗旗之法，这个阵法千变万化，花样层出不穷，很难破解。炎帝无法破解七星斗旗阵，只好退回营中，从长计议。炎帝为了增强军队的战斗力，鼓励各部士兵加紧练习，日夜操练，希望早早地破解这七星斗旗阵，突出重围。这一仗一打就是三年，黄帝一面在炎帝驻扎的营前布置七星斗旗阵，一面命士兵出其不意，从地底进攻，士兵早已将洞穴挖到了炎帝阵营后方。一日，炎帝军队照常进行操练，士兵手拿石斧、木枪，准备再闯一次七星斗旗阵。士兵刚走了一半人数，背后忽然传来了叫喊声，这一半人困在阵中，只听见喊叫，却也无力可施。原来是黄帝部落的人从地穴中杀了出来，他们叫喊着冲向炎帝剩余兵力。经过三次大战，炎帝这一次输得心服口服。

　　黄帝欣赏炎帝的才能，希望能与炎帝联手造福百姓，便对炎帝说："你我都是少典氏的后裔，算起来也是同祖同宗，现如今，只有咱们两支实力相当，能一较高下，但眼下局势不稳，争斗频繁，百姓温饱饥寒鲜少顾及，我想到这些就十分心痛。素闻你能播种五谷，医治百病，也深得百姓拥护。咱们能不能把两条绳拧成一股，力往一处使，保天下太平，百姓安康。"炎帝听后说道："我原以为你有独霸天下的野心，未免防着你。听你一番话，知道你关怀百姓，以天下苍生为重。咱们既然想的一样，我便和你结盟，一起造福百姓。"于是，炎帝和黄帝部落联合起来，共同治理天下。

蚩尤仍不断骚扰黄帝部落，蚩尤善用大雾，他吞云吐雾，利用大雾做掩护，冲进黄帝的大营，烧杀抢夺。黄帝吃过蚩尤"迷魂阵"的亏，他与炎帝联合对付蚩尤，与谋臣风后、应龙、常先、大鸿商议后，依照天上北斗星斗柄的位置造出了指南车。打仗时，一旦迷失方向，便能通过指南车分辨出东南西北。有了指南车的帮助，黄帝部落沉稳作战，越战越勇。战斗持续到第二天下午，一阵狂风吹来，吹开了云雾，周围局势顿时明朗起来。蚩尤一看天气情况对自己不利，立即命令部下退兵。黄帝这边战得正火热，哪里能让蚩尤逃走，便骑上驯化的火畜，一路直追。蚩尤回头看见黄帝骑着既像虎又像豹的怪物飞驰而来，心里胆怯。不一会儿，黄帝已经追上蚩尤，蚩尤顿时慌乱，只得拼命向前撞去，企图用头上的牛角撞伤黄帝。黄帝骑着火畜灵敏避过蚩尤的攻击，蚩尤一下收不住力，滚下了悬崖。除掉蚩尤，黄河流域战乱平定，先民们开始休养生息，过上了稳定的生活。

（五）炎帝的女儿

相传炎帝有三个女儿，一个追随赤松子学道得仙，一个是被称为巫山之女的瑶姬，一个是溺于东海，化为精卫的女娃。关于炎帝的三个女儿，都有相关的神话传说流传，其中以精卫填海最为有名。

精卫填海

精卫填海的神话出现的时间较早，在《山海经》中既有记载。早期神话的描述较为简略，大致情节为：在发鸠山上有一种鸟，形状如乌，它文首白喙赤足，名字叫作精卫。相传这只鸟是炎帝之女女娃死后化成的。炎帝的小女儿女娃，在东海游玩，不幸溺死于东海，死后化为鸟，便是精卫。精卫经常衔西山之木石，将之丢于东海，似欲填平东海。

民间传说进一步丰富了精卫填海的内容，赋予女娃更多的优秀品格。如下面一则女娃帮助炎帝尝药的传说。

神农之时，起初人们还不懂得医药，很多人得病死亡。于是，神农决定遍尝百草百虫，寻找能够医治疾病的药物。他的手下大臣赤松子和小女儿女娃不放心神农独自去深山老林寻药，就自告奋勇跟随神农一起上山。

神农带着赤松子和女娃出发了，他们白天行走在茫茫大山间，晚上在山洞里遮风避雨。碰到没有见过的花草、虫子，神农总是要亲自尝一尝，无毒的要明白它的药效，有毒的也要试出一种解药。转眼两年过去了，神农已经试出了几百种药物，其中还有蜈蚣、蝎子、蛇等多种毒物。尝药惊险，神农好几次差点被毒死，幸好他及时找到解毒的药物。女娃看在眼里，疼在心里，打算着怎样为父亲分担痛苦。

第三年春天，他们翻过山头来到新的地方，山峰上长着水莽藤。女娃一看从来没有见过这种新东西，连忙抢在父亲前，扯下叶子就往嘴里送。过了一会儿，女娃肚子疼痛剧烈，好像身体里所有的器官都挤在一起。神农赶紧从袋子里拿出解毒的药草给女娃服下。女娃肚里又是一阵剧痛，把水莽藤吐了出来，她脸色煞白，气息不稳。神农把她抱在一棵大树下，又喂了一些人参，女娃的脸色才慢慢缓过来。神农这才放心，笑着跟女娃说："看你以后还敢不敢抢着尝药了。"

第二天，他们又来到一座山上。在一棵高大的榕树下，神农发现了一条线虫，这条线虫长得很难看，身子有三寸长，手指头那么粗,身上分成颜色深浅不一的上百个节,每个节下面还有又短又硬的黑腿。神农看着这条虫说道:"早就听说南方有一种线虫剧毒无比,想必就是它吧,让我来试试这毒虫子。"话还没有说完,女娃便把虫子抢了过去,神农赶紧抓住女娃的手说:"我年纪大了,经验丰富,还是我来吧。"赤松子也不放心神农,劝说他,"这虫有剧毒,万药莫敌,你还是不要冒险了。"神农沉默了一会儿,说:"如果没人尝这毒虫,它才真是万药莫敌呢。"说完神农把虫子往石头上一摔,平静地吞下肚子。不到一刻钟,神农的肚子鼓胀,里面翻江倒海,疼得实在厉害,他赶紧吃了些解毒药草,接着他开始呕吐,吐出了线虫,吐出了饭菜,吐出了胆汁,最后居然吐出鲜血。女娃心疼地抱着父亲,眼泪止不住地流,赤松子也在一旁捶胸顿足。过了一个时辰,神农没了气息,女娃号啕大哭,赤松子也痛哭不止。又过了一个时辰,神农悠悠地转醒,吐出一口气来。女娃赶紧煮了灵芝汤药喂给父亲。神农缓了一会儿,有些气力后用手指了指解药,说:"再端碗解药过来。"女娃和赤松子大惊,"还要吃解药?"神农说:"线虫剧毒,要呕死过去九次才能生还,否则线虫的毒排不干净。"两人只好照办。就这样,神农一次又一次晕死过去。当他吐到第九次的时候却没有一丝气息,女娃和赤松子等啊等,太阳下山了,神农没有醒;月亮出来了,神农没有醒;东方发白了,神农还是没有醒,女娃着急地一直哭喊。

这时,一位神仙从天而降,对女娃说:"孩子,别哭了。你的父亲中毒很深，只有一线生机。东海龙宫有还魂草，你只要拿到还魂草就能救你父亲性命。他的肉体只能保存九十九天，如果你不能按时返回，我也回天无力。"女娃听了此言，拜谢神仙，转身下山寻找还魂草。

女娃整整走了四十天才赶到东海，她在东海边苦苦哀求了三天三夜，女娃的喉咙都喊出了血，还是没见龙王的影子。等到第四天，海水像滚熟的热水翻腾起来，向两边退去，堆成两扇巨大的水幕，海水中间劈开一条路，尽头正是金碧辉煌的东海龙宫。龙王极为恼怒，大喝道："谁在我门前叫嚷，搞得我心烦气躁，夜不成眠。"女娃向前恳求："我是女娃，我的父亲神农为了给百姓治病尝遍百草，他如今中毒身亡。我特地来求还魂草，希望你能善心大发，救他一命。"龙王哪听这些，冷哼一声说："说什么尝遍百草，拯救万民，实在是沽名钓誉。还魂草是我龙宫的宝贝，岂能轻易外借，谁都不能给。"女娃再三恳求，龙王始终不肯答应，一气之下，女娃冲上前去，大吼道："你好歹不分，见死不救，算什么龙王爷！"龙王震怒，将女娃赶出宫殿。龙宫外的海水巨幕顿时一泻而下，女娃还没来得及挣扎就被海水吞没了。

女娃淹死后化为一只小鸟飞出海面，它长着花纹、白嘴、红爪，每天都从西山衔着树枝向东海投去，立志要填平东海。人们时常看到小鸟飞翔在海面上，都称它为精卫鸟。

赤松子等了九十九天没见女娃回来，知道女娃出事了。他伤心不已，安葬了神农，又把神农尝过的各种药物整理出来，一代又一代传下去,传到如今,形成《神农本草经》这部中国最古老的医药书。

还有传说讲述女娃是为除掉黑龙灾患而身亡的,其情节如下:

远古时候,浊漳河的水一直向东流,河水沿着山脉,流经上党盆地,冲出壶关口,翻下太行山,一路源源不断顺流入海。可是后来河水绕了一个大弯,注入清漳河。

炎帝生活在上党时,冀州黑龙为患。有一年,黑龙沿着浊漳河游到上游,堵住壶关口,截断河水。一时间洪水涨上岸来,黑龙开始兴风作浪,把波浪卷成一座又一座的小山,水势滔天,不一会儿就把上党盆地淹了个干净。浪头一直翻到羊头山下,差点把炎帝种植五谷的"五谷畦"冲走。

看管"五谷畦"的耕柱子一看大事不好,忙跑去禀报炎帝。炎帝击鼓传令,召集大臣在"神农台"商量怎么对付猖狂的黑龙。可是黑龙实在厉害,把炎帝和手下大臣急得直冒汗,眼看着日头偏西,天都快黑了,大家还是拿不定主意。这时,一个娇嫩的女声说道:"诸位大人,黑龙逞凶,百姓遭殃。女娃愿意除去水患,生缚黑龙,为民除害。"众人一看,这不是炎帝的小女儿女娃嘛,炎帝看女儿勇敢地站出来,十分欣慰,又免不了有些担忧,"孩子,此去凶险。祖先传下一条降龙宝绦,希望能助你一臂之力。"女娃拿了宝绦,一路向西北去了。来到鳌泉,女娃见黑龙正伏在水面上吞云吐雾,一阵又一阵黑浪排山倒海而来。女娃大喝一声,将降龙宝绦朝黑龙掷过去。黑龙见一道红光从远处飞来,紧接着头上一阵剧痛,心里一惊,腾空而起,飞到东海,一头扎进水里不出来。

女娃见黑龙钻进海中,只好收回降龙宝绦,在海边等着。等了好几天也不见黑龙出来,只好返回家去。女娃每天在河岸两边巡察,她白天在海滨旁查看水情,晚上在灵湫泊边过夜。过了几年,河岸两边草木繁荣起来。

这天一早,女娃照常东巡,看见耕柱子在河边教人们耕种五谷。女娃心下好奇,把降龙宝绦放在河边的草地上,朝耕柱子走过去。女娃和耕柱子相处时间长了,两人渐生情愫。

这天,女娃和耕柱子正在岸边说悄悄话。忽然,一阵黑浪卷过来,把草地上的降龙宝绦卷进海里。两人定睛一看,原来是那条作乱的黑龙,它的龙角被打掉了一只,嚣张地在水面上摇头摆尾。女娃和耕柱子冲上前去,一人抓住了黑龙的角,一人抓住黑龙的须,在水中拼命搏斗。风浪太大,把上党盆地北边的山冲开一道口子,水冲出豁口,淹没了北边的平原,黑龙顺着水流一路游向大海。耕柱子和女娃在水里斗不过黑龙,双双毙命。

女娃心里觉得惭愧,死后化为一只白嘴、花头、红腿的斑鸠鸟,她在茫茫大海上高喊着:"精卫,精卫。惭愧!惭愧!"为了弥补她的过失,惩罚作乱的黑龙,她每天从发鸠山上衔一些枯木枝、小石子飞到东海,投向海面。她每天坚持,誓要填平东海,压死黑龙。人们时常看到她不知疲倦地衔石投海,就叫她"精卫鸟",意思是精忠卫民。

耕柱子也不甘心,他再也不能教百姓播种五谷了。他死后化为布谷鸟,在每年春天,飞到千家万户,叫着"布谷!布谷!"提醒人们到了播种的时节了。耕柱子因为喜欢女娲犯下了大错,便决心改过。他离开上党,一直向西飞,最后落在了汾河岸边,就是后来的稷王山,耕柱子也成了传说中的后稷。

人们感谢女娲的功德,就在灵湫的泊地上为她建庙,门栏上有一幅木刻对联:

女娲理水,南经北纬,汇集神家出灵湫。

漳流泻碧,西流东注,灌溉上党万顷田。

巫山神女瑶姬

瑶姬是炎帝的女儿,她是姐妹里最美丽最温柔的一个,她长发飘飘,走起路来如微风一般轻盈。她有一双美丽动人的大眼睛,含情脉脉,女人们看一眼都忍不住要微笑,男人看上一眼心里就像蜜一样甜。她温柔大方,经常帮助因吃不饱而受难的百姓。瑶姬慢慢地长大了,她生得更加美丽,人们都很喜爱她,部落里的年轻男子更是日日围在瑶姬身边献殷勤。不幸的是,瑶姬还没到出嫁的年龄就染上一种怪病,她日夜被病痛折磨,卧床不起。炎帝想尽了各种法子治瑶姬的病,瑶姬身体却没有一点起色。卧病一年后,瑶姬病症加重去世了。炎帝知道女儿生性爱美,把她葬在鲜花遍野的巫山上。

　　瑶姬死后，形灭神不灭，她不愿离开繁华人世，灵魂便化为一株瑶草。瑶草开鲜嫩的黄花，叶子层层叠叠，结的果实像菟丝一样。女儿家如果吃了瑶草的果实，会变得美艳，容易得到男子的钟爱。瑶草在巫山吸收日夜精华，天地灵气，时间久了，终于修炼成瑶姬原来的模样。太阳升起的时候，她带着花环走过，在天边留下美丽的云彩。夕阳西下，她坐在山顶的大石头上，想念父母兄妹，叹息年华逝去。她每想到伤心处，泪珠子就流下来，天边便会下起细细密密的小雨回应。生活在这里的人们经常看见她美丽的身影，称她为巫山神女。

　　神女在巫山一住就是几千年，她帮大禹治过水，杀了十二条作恶多端的恶龙。她与人为善，为民除害。战国时候，楚王在云梦泽一带狩猎，中午时候在高唐观略微休息。神女在这里游荡千年，少见如此英勇贵气的男子，心下情意绵绵，想与楚王结好，便悄悄潜入楚王梦中。意识朦胧的楚王见神女肌肤胜雪，眉目含情，神态清雅高贵，款款走来，脚下步步莲花，心下荡漾。神女先开了口："我是炎帝的女儿，叫瑶姬，现在也是巫山的女儿。听说你在高唐游玩，便是高唐的客人，我枕席凉薄却也能歇息，不知你可有意？"楚王哪有不同意，便随神女而去，留下千古流传的风流佳话。无奈人仙殊途，神女虽对楚王有情，却不能长久陪伴左右，便狠下心离开了。楚王恍然梦醒，身上还残留着神女的香味却不见芳影，寻遍巫山也没找到这般美艳的女子。老百姓们告诉他，他梦到的不是凡人，是巫山神女。楚王难以忘情，便临江修筑楼阁，名曰"朝云"，企盼相见。

瑶姬去哪儿了？她日夜站在高崖边上，看着滚滚而来的江水，天边自由飞翔的鸟儿，思念着自己的亲人和爱人。天长日久，岁月东流，她化作一座山峰，矗立在巫山中，日夜遥望着远方。

（六）炎帝战麒麟

  远古时代，先民生存环境恶劣，他们在长期同大自然做斗争的过程中，逐渐积累了自我保护的经验和智慧。但不知道从什么时候起，人们的生存受到了一个怪物的威胁。这个怪物开始非常小，它能在水里游动，能在天空飞，能在陆地上行走。它经常做些坏事，但它长得矮小，人们没有发现它，也就没有向部落首领炎帝报告。随着时间流逝，这个怪物长大了，人们在它来去匆匆作乱时看到了它的样子，它长着龙的头，牛的鼻子，大象的腿，还有猛兽的身体，它不是人、不是兽，原来是一头凶恶的麒麟。这麒麟一年长一片麟，长千年就会成精，拥有法力。这只麒麟越长越魁梧，它在天上飞的时候，山呼海啸，声音传遍了天上地下，所有的鸟儿都为它让路，生怕成为它的腹中餐。它在地上行走的时候，所有的野兽也都躲得远远的，一不小心就会被残暴的麒麟吃掉。它有时候会潜入海里，休息休息，水里生活的鱼、虾、蟹便成了它的美味。可这麒麟天性好斗，它渐渐开始觉得无聊，心想：

这天上地下没什么能阻拦我,好像只有人类还有力量跟我斗上一斗。于是,它频繁出现在炎帝部落周边的地方为非作歹。部落周围的山禽野兽都跑没了,天空飞过的小鸟也越来越少,人们对这个怪物无可奈何,只能想尽办法躲避这只麒麟。

炎帝听说了麒麟的种种劣迹,但从没遇见过这只怪物,他只能用采来的中草药为被麒麟伤害的百姓治疗。一天,炎帝的小女儿女娃到东海游泳,正好碰见麒麟在与一头巨兽搏斗,水浪滔天,大海翻腾,两只大兽斗得昏天黑地,难分胜负。女娃见到这种情景早吓得魂不附体,赶紧回头向岸边游去,就在这时,麒麟看见了女娃,它放下了筋疲力尽的巨兽向女娃扑去。女娃知道麒麟在后紧紧追赶,加快速度向岸边游去。麒麟不一会儿就追上了女娃。麒麟在水里肆意翻滚,快速前进,清澈的大海被搅得一片浑浊,女娃被海浪影响了速度,眼看着麒麟就要追上自己,只得返身与麒麟搏斗。于是,东海海面上一场新的搏斗开始了,两人一会儿在水面上打斗,一会儿在海底追杀。也不知杀了几个回合,女娃耗尽了身上的最后一分力气,溺死在东海里。麒麟经过这两次大战,元气大伤,落荒而逃。炎帝得知自己的小女儿跟麒麟战斗溺死在东海,心气难平,决心要铲除麒麟,还天下一个太平。

时隔不久,炎帝办完了小女儿的丧事,便出发从东到西寻找这个怪物。他跋山涉水寻遍了各个村庄,搜遍了整个海域也没有发现麒麟的影子。原来这麒麟战斗后躲在一个很深的山洞里调养身体。

一天,炎帝走到七佛山下,忽然闻见一股扑鼻的香味,他顺着这个味道一路向上走,想知道这个味道是从何而来。他走到一株没有见过的植物前,这股味道就更浓了,他停下身来细细观察。正当他准备摘下植物,品尝植物的味道时,忽然听到一阵沉闷如雷的打呼声。他抬头看到一个黑洞洞的洞口,这鼾声就是从洞里传出来的。炎帝毫不犹豫向洞内走去,麒麟也听到洞外有脚步声便匆匆爬起来向洞口走。这时,已经走到洞口的炎帝听到洞内的声音,便驻足观看,做好了战斗的准备。麒麟走出洞口后看到炎帝,它知道来者不善,这次又是一番恶斗。当炎帝一看到麒麟这般长相就知道它正是自己要找的怪物,便迎头痛击,一向无敌手的麒麟起初并未把炎帝放在眼里,但几招过后他觉得自己遇到了强者。炎帝从麒麟的招式变化中也感到对手的功力非比寻常,不可掉以轻心。双方越战越勇,从白天打到夜晚,再从夜晚打到白天,从洞内打到洞外,又从洞外打到洞内,从七佛山战到东海,又从东海战到麒麟的老窝,翻江倒海,天昏地暗。最终炎帝以坚强的毅力将麒麟制服,把它拴在海边一块宽广平坦的巨石上。

麒麟每天面朝大海,静思己过,它知自己罪恶深重,作恶多端,上天不会轻饶,便站在那里任凭风吹浪打,日晒雨淋,忏悔修性。寒来暑往,春去秋来,它静静地站在海面,一站就是一千年,它的影子深深地镶在巨石上。悔过自新之后,姜子牙将它收为坐骑。

（七）神农与玄女

大约在六七千年前，黄河北岸有一片草木丰茂的原始大森林，谷壑里有一条清澈的溪水潺潺流出，溪边住着一个原始的部落。这个部落在这里定居了很久，部落首领是一名年轻美丽的女子。别的氏族都是年轻力壮的男子或者是德高望重的妇人做首领，小姑娘何德何能，年纪轻轻就做了首领呢？别看这姑娘身娇体弱、唇红齿白，捕鱼狩猎可不输正值壮年的男子汉；她办事利索，口齿伶俐，待人亲切，族里的妇女都把她当女儿一般，很是喜欢。

这天，女子随族人出去打猎，鹿群从他们面前跑过去，族人赶紧追上去。鹿群听见后面传来动静，慌不择路，拼命向前奔去，一只小鹿跑着跑着就跑散了。女子追着小鹿一路跑，费了好大工夫抓住了小鹿。这只鹿太可爱了，女子心里很喜欢，不忍心杀死它，但又不能带着它继续打猎，心下想着把鹿拴在树底下，等打猎回来再把它带回部落。她先是找了硬树枝，发现树枝太硬没办法在树上绕成一圈一圈拴住鹿，她又寻了些树皮，结果树皮太脆了，稍微一用力就折断了，小鹿肯定会自己跑掉的。女子一筹莫展，一阵清风吹过，几缕柔软的东西拂上姑娘的脸颊，姑娘觉得脸痒痒的，伸手抓来一看，正是几条柔软的麻皮，她用力挣了挣，这麻皮还很有韧劲。原来旁边有一片野大麻，日晒雨淋便有了这结实的麻皮，姑娘忙寻了些麻皮拧成绳将小鹿拴好。她继续打猎，不知不觉地有些累了，便去河边饮水休息。水里有鱼，姑娘伸手去捞鱼，结果鱼太机敏，总是从手里溜走。她灵机一动，想起了软麻皮，心想，如果用麻皮结个网，鱼肯定跑不掉了。说做就做，她跑回野大麻地找到比较粗的麻皮简单地打结编网，拿着网去抓鱼，果然没有一条逃得掉。姑娘有了这个重大发现，很是高兴，她对着流水轻轻哼唱，流水叮叮咚咚地做回应。她的笑声如银铃般清脆，连枝头的鸟儿也跟着她飞舞。她在树林中跳起舞来，身边的小鹿在周围蹦来跳去给她伴舞。回到部落后，姑娘把她的发现告诉族人，族人便去剥麻皮，拧麻绳，织麻网。男人们带着麻网去捕鱼捞虾，还能用麻网捕猎凶猛的野兽，省时又省力。女人们把纤细的麻绳织在一起，做成麻衣，柔软又保暖。

　　小小的麻皮给部落解决这么多问题，大家便亲切地叫姑娘"麻线女"，时间久了，就简化叫"线女"了，又把她叫"玄女"，他们部落便叫作"玄女部落"。

　　在不远处的山头，是炎帝部落居住的地方。虽然两个部落相隔不远，但交通不便，两个部落之间联系很少。只有在每年部落交易的时候，才会交换一些生活必需品。这一年的部落交易，两个部落都带来了自己最得意的东西。炎帝部落带了他们辛苦种植的五谷蔬菜，玄女部落带了他们精心制作的麻衣麻网。玄女部落的人尝到五谷蔬菜，觉得口味香甜，满嘴留香，寻思着如果有粮食吃，就不用担心打不到猎物了。炎帝部落的人看到麻衣麻网，暗暗惊奇，这可是好东西，有了这些不用担心打不到猎物，冬天也不用挨冻了。双方的首领都很羡慕对方的东西。

这一年，炎帝追踪野牛群，不知不觉进入西北部的深山老林。这一带是"玄女族"的领地，按照流传下来的族规，一旦有外人闯入本族领地，会被族人处死。这一天正好玄女族也在捕捉猎物，炎帝和几个随从不小心掉入了玄女族设下的麻网中。族人把炎帝一行人带回部落，族人们高呼要处死炎帝，玄女却比较理智，她想知道炎帝为什么会闯入自己的领地。炎帝说："我追捕野牛群，不是为了捕杀野牛，也不是存心要闯入你们的领地。我追捕野牛群是想驯服野牛，借用野牛的力量犁地耕田，扩大耕种面积，种植五谷蔬菜。现在人口越来越多，禽兽越来越少，每逢大雪封山或者天降大雨，打不到猎物，大家都饿肚子，饿死人的事时有发生。如果耕种农作物的话，情况就不一样。人们只要肯努力劳作，就有足够的粮食吃，这些粮食富余了还可以攒下来为来年作打算。粮食还便于储存，时间久了也不会坏，这样部落的食物就有了保障。如果能把野牛驯服，再用我发明的耒耜，就能大规模平整土地，省很多力气。"炎帝侃侃而谈，玄女侧耳倾听，两人越谈越来劲，越谈越觉得有缘分，当晚便结成夫妻。

炎帝在玄女部落待了三天，但他始终惦念着自己的部落。三天后，他便辞了玄女，继续追踪野牛群。玄女对炎帝浓情蜜意，心下不舍，炎帝便给她一颗心型鸡血石，约定好一定会回来找她。

炎帝这一走就是三年，他每日忙着驯服野牛，耕地犁田，教族人种植粮食，使用工具，丝毫没有察觉时间的流逝。玄女三年来日日想，夜夜想，每天盼着炎帝回来，听说炎帝已经成功驯服野牛，她便派人把鸡血石送给炎帝。炎帝看到石头，想起了痴情的姑娘，第二天便带着人去玄女部落寻她。

玄女部落有条规定，本族的女子只能跟外族的男子通婚，通婚后不得离开本族，男子也不属于本族人士。两个部落间相隔百里，炎帝和玄女通婚后，炎帝经常往返于两个部落之间，很是劳累。玄女看在眼里，疼在心里，便与族人商量改变这种规矩。族人同意后，她放下了酋长的头衔，带着几个跟炎帝族有婚缘的女子去了炎帝部落。炎帝觉得姑娘这么明事理，必须得大肆操办，风风光光地把玄女接回来。白天大家忙着打猎耕种，婚礼就晚上举行吧。于是炎帝挑了花好月圆的好日子，这天，月光把山冈照得亮亮的。大家伙点着火把，大声唱着笑着，热热闹闹地将玄女迎娶回家。

二
民俗与信仰

炎帝神农功绩显著，他发明五谷，教民耕种，开创农耕文明。又不顾个人安危，亲尝百草，发明医药，使人们远离疾病困扰。这些发明和创造与百姓生产生活息息相关，正因为如此，炎帝神农在民众中享有崇高的地位，人们尊他为中华民族的始祖之一，将他视为生命的保护神，由此产生众多民俗和信仰。

（一）炎帝神农的祭祀与庙会

炎帝神农的官方祭祀传统由来已久，大致有以下三个方向的发展脉络：

一是跟腊祭相关。炎帝创历法将一年分为十二个月，每年最后一个月为腊月，在腊月对神灵进行祭祀以感谢神灵这一年的庇佑并祈求来年风调雨顺，五谷丰登。腊祭是农耕文明的重要节日，传说腊祭前一天先民要从各地赶来举行盛大的傩舞表演。先民头戴狰狞的鬼蜮面具，随着音乐起舞，本意是驱疫除鬼，希望来年平安吉祥。炎帝死后，腊祭逐渐演变成八蜡之祭，同样表达对农业丰收的期盼。

炎帝是中华民族的始祖神，集农神、火神、药神及太阳神为一体，在部分文献中又和祝融一起被称为南方之神，掌管南方一万二千里的土地。炎帝功勋卓著，为中华民族繁衍生息做出巨大贡献，他种五谷、教稼穑、制耒耜、尝百草，改变了原始社会茹毛饮血的生活状态，影响了人类历史进程。炎帝是农神，又被尊称为"神农",他开创了原始农耕文明。自此,远古先民刀耕火种,开始主宰自己的命运。炎帝也是药神,他尝百草制医药,使人们免除疾病困扰,有能力抵御自然的侵害。千百年来,有关炎帝的故事流传在中华大地的每一个角落,炎帝部落居住、生产的遗迹也在岁月剥蚀中留有痕迹。当代民众生活、民俗活动中依稀还残留着原始社会流传下的生活习俗,渗透着对神农炎帝的崇拜。每年农历正月、四月、七月或者腊月,各地的人们会选定日期祭祀炎帝。这些祭祀活动有大有小,有政府主持的大规模祭祀活动,也有民众习惯性自发组织的庙会。人们祭祀炎帝先祖,祈求国泰民安、风调雨顺、五谷丰登,同时也表达对始祖炎帝的崇敬和膜拜之情。

祭祀炎帝的主要形式有官祭和民间祭祀两种。祭祀炎帝的官祭最早开始于黄帝,《路史》中记载"神农氏七十世而有天下。轩辕氏兴,受炎帝参卢禅,封参卢于潞,守其先茔,以奉神农之祀。"[1] 轩辕黄帝成为中原地区部落首领后,命炎帝的后代参卢在古潞州(今山西长治市潞城东北西流乡一带)一带守护炎帝的坟茔,对炎帝进行祭祀。也就是说,从黄帝轩辕开始,各朝各代也奉行对炎帝的祭祀以求先祖保佑、国泰民安。

民间祭祀形式多样,庙会的起源早些,相传源自于炎帝开创的"日中为市"。炎帝教稼穑后,人们白天于田地耕种,炎帝

---

[1] 罗泌:《路史》,中华书局,1985年,第2页。

教导人们在正午休息时聚在一起进行交换农业工具、粮食等物品,开始了最初的物物交换。时日久了,人们约定在特定的日子里为神灵供献祭品,祈求农业丰收、生活安泰。庙会反映了百姓基本的生活需求和信仰需求,在老百姓生活中具有重要意义,现在老百姓依然根据自己需要,自发地在各地举行庙会祭祀活动。

如今,祭祀炎帝已经成为寻根热潮的重要部分,陕西宝鸡、湖南炎陵、株洲等地都在如火如荼地开展祭祀炎帝的大型活动,也成为海外华人寻根问祖的热门地域。悠悠天地,炎黄子孙内在深厚的血脉联结成一股强劲的民族凝聚力,它超越时间和空间让每一位中华儿女紧紧相依。

晋东南地区官祭活动

山西东南部形成了"炎帝崇拜祭祀文化圈",这里炎帝祭祀活动流传已久,保存得相对完整,成为山西民俗信仰中极具特色的文化标志。官祭是官方祭祀,又称为公祭或告祭。"神农氏七十世而有天下。轩辕氏兴,受炎帝参卢禅,封参卢于潞,守其先茔,以奉神农之祀。"[1]这是最早的官祭记录,而"潞"就是古潞国,就是现在潞城东北西流乡古城、潞河、续存一带。相

---

[1] 罗泌:《路史》,中华书局,1985年,第2页。

传黄帝将潞封给参卢,让他尽心守护炎帝陵、祭祀炎帝,可知晋东南的神农祭祀源于看守炎帝陵而且历史久远。

晋东南地区祭祀炎帝主要在两个地方,一是长治市的老顶山,一是高平市境内的羊头山。老顶山又称百谷山,相传是神农尝百草的地方,山上有三座炎帝庙,自古以来都有祭祀活动。北宋《太平寰宇记》载:"百谷山与太行、王屋山相连……昔神农尝谷于此,因名山,建庙,仲春上甲日致祭。"记载了每年农历二月选择上甲日祭祀炎帝的事情。明潞州判官王基在《重修神农庙碑记》中写道:"国家追崇祀典,示报功也。祀其地,俾无淫也。洪武三年庚戌六月,诏新天下名山大川暨群神之号。辛亥命所司,凡圣帝贤王,春秋祭祀,载于典,祭以时。仰惟炎帝神农氏之庙,在潞当祀。考诸县志,庙去城东北十三里,有山曰百谷。基往度之,其峰峦环抱之蕴,崖壑谽谺之奇,他山所未见。绝顶之半,廓以石涧,俯瞰城郭,世传帝尝百谷于此,故因以名。当其胜,殿宇俨赫,为佛氏居。傍有庙狭隘,指为帝寝。基闻而弗之,遂谕守者,以岁月堙没,百谷致讹,祀典弗修。故尔乃命撤佛氏,立帝像,殿堂门庑,悉闻旧制,顾不伟欤!"①记录了明朝时国家崇尚祀典以示功勋。明洪武三年六月,只要是圣亲贤王都要在春秋两季进行祭祀,王基考察后也只有在潞州有炎帝庙可供祭祀,百谷山炎帝庙毁坏难修,就撤

---

① 王树新主编,《高平金石志》编委会:《高平金石志》,中华书局,2004年,第76页。

掉旁边佛寺改为炎帝庙，悉数按照古炎帝庙旧制整修庙宇，立炎帝神像以供祭祀。上述是有文字记载的官方祭祀活动，百谷山的官祭活动北宋时已有，明代再次兴起。

长治城区七月初一的古庙会是山西东南部最大的庙会，又被称为"上党第一会"。举办庙会的主要目的是祷告五谷丰登，风调雨顺，与炎帝也有些渊源。七月初一古庙会起源于明代永乐年间，当时朱元璋第二十一子——沈王朱模驻守潞州。据说每逢天气干旱快要下雨的时候，沈王府的门闩就会渗透出水汽，水汽聚集成水滴。当时的人们觉得门闩滴水定是上天给人们的暗示，沈王上报后钦天监认为这个门闩牵连着"水平星"，预示雨事。沈王差人把门闩雕成一座玉皇神像，神像雕成后，连着几天下起细细密密的小雨。钦天监建议将神像供到高岗之上，便把神像送往壶关县沙锅村的玉皇庙。每到大旱时，人们便在门闩玉皇前磕头行礼，祈祷风调雨顺。求雨很是灵验，于是求雨活动的规模便越来越大，由简单的烧香叩拜发展成了一台完整的仪式，称为"二十四神朝玉皇"。二十四神是由炎帝为代表的二十四个神明，有关帝、二郎神、唐王等，代表了二十四个节气。求雨时由潞安府官员带领，百姓和地方官员都要斋戒以示虔诚。承办仪式的是二十四神对应周围的二十四个村庄，村庄位置按照五行八卦排列，同时兼具五行相生原则。玉皇神接回长治后在西关二郎庙落辇。仪式大体有五步，标票、接玉皇、朝拜、诵经、谢雨。标票是新中国成立前政府出具的庙会公示，二十四村相互告知，准备庙会事宜。接玉皇的人员是西关村选择的，必须是属龙或蛇的人。接玉皇还有十二名水官护驾，水官先戒斋三天，一律穿黑袍，戴柳冠，手里拿着柳枝，光着脚前进，按照提前安排好的路线行走。接着水官参拜玉皇，进行拜水仪式。朝拜时，二十四神三进三出朝拜玉皇，随后关闭城门，断绝往来。诵经时要拉旱绳，行人或者家畜不得穿越旱绳。铺坛三天，全程禁赌戒斋，每日县长要率众人进香祷告。三日期内下雨需解旱绳，如果没下雨，则再求三天雨。求雨成功后，在西关二郎神庙唱谢雨戏，以答谢玉皇降恩。20世纪以来，二十四神朝玉皇的求雨仪式一共有四次，分别是1907年、1914年、1919年和1929年。古庙会现在的求雨仪式没有先前的规模，但人们依然在七月初一聚集在一起进行朝拜活动。

羊头山是晋东南官方祭祀炎帝的另一重要场所。羊头山上有三座炎帝庙，创建于不同时期：羊头山上的高庙最晚在汉代已有；下台村的中庙为皇帝敕封，创建年代不详；下庙位于高平市东关，建立时间应在宋或宋之前。虽然庙宇毁坏，只有中庙依稀有轮廓，但历代都有祭祀活动，"有司岁时致祭焉"。庄里村炎帝陵东厢房有一石碑，为明万历三十九年立，上书"炎帝陵"三个大字，至今有四百年历史了。历朝历代都有祭官来庄里村祭祀，有资料显示，元成宗大德九年（1305）有官员前来祭祀并下令此地禁止砍伐树木。

晋东南地区炎帝庙宇集中，祭祀活动由来已久。羊头山作为炎帝寝陵得到官方认同,元朝、明朝特派祭官前来祭祀;百谷山炎帝庙有地方史志记载,至晚于北宋时已有地方官员祭祀。官祭的具体活动至今已不可考,古旧的炎帝庙只剩下满地的石柱根基。由官祭带动民间祭祀,晋东南形成炎帝祭祀文化圈,人们共同感恩先祖创业艰辛,祈祷始祖神庇佑风调雨顺、国泰民安。

晋东南地区民间祭祀

民间祭祀活动形式主要以庙会为主,人们聚集在一起展开一系列祭祀活动,如进献供品,举行仪式,演奏音乐,唱戏,表演。庙会期间同时满足民众生产、娱乐的需求,人们荡秋千,放风筝,买卖农具、牲畜、药材和生活用品。庙会已成为村落民众必不可少的生活方式和信仰寄托。山西东南部有近百座与炎帝有关的庙宇,每座庙一年至少有一次集会活动,形成一个祭祀炎帝的文化圈。晋东南地区祭祀炎帝时间不统一,高平市庄里村炎帝陵、长治百谷山在每年四月初八举行祭祀,长治关村在三月初三集会祭祀,长子县的熨斗台则在每年三月十八日祭祀炎帝。人们一方面对炎帝发现五谷、教民耕种的千秋功绩加以祭祀,一方面是为了求得风调雨顺、庄稼有成。山西东南部气候干燥,经常出现干旱情况,炎帝被视为农业神,向炎帝求雨成为民众祭祀炎帝的习惯。炎帝庙会的求雨仪式也千差万别,除了基本的烧香叩拜,民间还流传着许多别具一格的求雨习俗。

高平市庄里村有五谷庙,在四月初八祭祀炎帝。传说炎帝在四月初八出生,五谷庙周围地区是炎帝生前重要活动场所,人们在每年四月初八祭祀炎帝的生日,祈求五谷丰登。主办庙会的领导者从十里八乡的村民中选出来,领导者又被称为"社首"。只有德高望重的人才能被推举为社首,社首深受民众拥护,在祭祀中最有威信。这里流传着一句民谣:"走扬州,下汉口,不如五谷庙请社首。"祭祀要提前二十天请社首安排活动,可见祭祀规模很大。庙会首先由社首带着众人端着炎帝像,在唢呐声中游遍十里八乡,寓意炎帝像所到之地这一年必定风调雨顺。巡视完回到庙里,由社首带领村民焚香叩首祭祀拜谢炎帝。庙会的最后,社首要独自进入炎帝陵的地道中,为万年灯添一桶油,万年灯常年不熄,寓意炎帝精神永存。神头陵附近的村子有釜山、贾村、高良等,村村都有炎帝庙,每年都要举行庙会,釜山庙会是正月二十八日,贾村是二月十五日,高良村是三月初三,所以民间有"釜山不出正月,贾村不出二月,高良不出三月"的说法。这三个村的庙会有共同的特点,就是每年举行庙会时,都要到神头陵接炎帝,把炎帝从神头陵接回来才能举行庙会。这里还有正月初一接神的风俗,大年初一,家家户户都要到神头陵将炎帝接到自己家里。

羊头山上炎帝高庙也在四月初八祭祀炎帝,但炎帝高庙只留残砖断瓦,人们仅在此地焚香叩拜。除此之外,村民也会在三伏天气祭拜炎帝祈风祷雨。炎帝高庙在1958年被拆除,庙会活动改在后沟村举行。高平市野川炎帝陵的高庙被称为"南高庙",在四月初八那天祭祀炎帝。活动持续好几天,非常热闹,人们踩高跷、划旱船、制九莲灯……家家户户还会把带皮的五谷搅在一起磨成面粉,捏成五谷疙瘩缅怀炎帝,人们相信吃了五谷疙瘩会得到五谷的神力,免病消灾。大家通过多种多样的形式表达对炎帝的感激与爱戴。炎帝陵在七月初五有庙会,相传七月初五是炎帝中毒身亡的日子。庙会持续时间长,会期有四天,从初四到初七,初五是庙会高潮。初三要为炎帝唱大戏,唱戏前先请炎帝,提前对炎帝进行祭祀。

晋东南地区民间传说炎帝的第一位夫人是长治县原家庄人,两人结婚不久,这位夫人就去世了。原家庄周边居民每年四月初八和六月初一都要聚集在这里赶庙会,七月十五日要来这里放谷,也是为了纪念炎帝。后来,炎帝娶了高平长畛村的夫人,这位夫人为炎帝生了三个儿子和一个女儿,大儿子叫柱,帮助炎帝教民耕种,传说是后来的"后稷",女儿就是化身精卫的女娃。在此地多个庙宇中,都有炎帝和其夫人的塑像,长子县专设灵湫庙祭祀炎帝夫人及女儿。关村炎帝行宫中供奉了炎帝三太子,每年四月初八祭祀炎帝时,村民都会热热闹闹地送三位太子给炎帝祝寿。五谷庙唱戏时,也要请太子,太子不到场,戏就不能开演。

高平长畛村求雨与别处不同,别处求雨都将炎帝供奉起来,烧香拜祭，祈祷炎帝能送水行雨。长畛村求雨很有特色。炎帝是该村的女婿，每逢天气干旱时，村民便要"好好治治"这个女婿，让女婿吃点苦头。村民求雨派几个妇女半夜里去五谷庙把炎帝像抬出来，必须是妇女，男人求雨不灵。抬坐像时要给炎帝穿上新做的衣服，一路敲锣打鼓迎回长畛。路上行人看到炎帝便纷纷躲避，以免阻碍求雨仪式。炎帝请回来要先在屋里搁置三天，如果三天后还没下雨，就把炎帝像抬到后山坡田边暴晒三天以示"惩戒"，惩戒后效果显著，求雨必成。

长治关村炎帝庙在农历三月初一、六月初八和九月十五都有庙会，十里八乡的乡亲们来炎帝庙烧香叩拜，祭祀炎帝。关村炎帝庙始建于唐朝，距今有1300多年历史。三月初，春回大地，人们开始准备耕种事宜，趁着庙会聚集在炎帝庙周围置办农具，于是农历三月初一到初五成为当地颇有盛名的古庙会。庙内存有清代《重修炎帝庙记》碑文，上书"关村古有炎帝庙，不知创自何代，为合村春祈秋报之所"。时至今日，关村庙会依然红红火火，规模也越来越大，周围人们不论远近纷纷前来祭拜。长子县色头镇十月初十有神农会。色头村有一座炎帝庙，在每年十月初十至二十日，有为期十天的庙会。十月正是丰收的时节，人们感遇神农赐五谷之恩，将十月初一定为祭祀炎帝的日子。从前，家家户户把粮食做成羊、猪等动物形状供奉在炎帝灵前。久而久之，炎帝竟然成了五谷财神，神农会也演变成了财神会。神农会上，前来参加庙会的商人络绎不绝，村里的每一家都住满了人，人们进行以马、牛、羊为主的牲畜交易，热闹非凡。

晋东南地区祭祀炎帝较为频繁，每逢节日、初一、十五，民众都会自发前往炎帝庙焚香祈福。这种行为习惯百年不衰，足见炎帝地位之崇高。人们将炎帝视为农神，祈求炎帝能带来丰年；将炎帝视为财神，为过往的商客带来收益。此外，炎帝还成为求雨对象，人们抬着炎帝神像举行求雨仪式，祈求风调雨顺。大规模对炎帝亲人祭祀也是晋东南地区民间祭祀的特色之一，炎帝的两位夫人、三个儿子及一个女儿均有独立的寺庙祭祀，香火旺盛，至今不衰。

（二）炎帝神农的日常信仰与民俗活动

炎帝姓姜，姜从羊从女，羌从羊从人，姜与羌同源，姜姓为羌姓的一支。姜族与羌族应同属于炎帝的旧族，也就是炎帝的后裔。姜、羌的族号与羊崇拜有密切关系，又被称为"神羊族"。羌崇拜羊，以羊为图腾，而晋东南地区对于炎帝的祭祀和崇拜羊息息相关，上党地区很多地名以"羊头"命名，这些山岭中流传着有关炎帝的传说，炎帝上羊头山，羊头山上种五谷，可证明炎帝与羊有不解之缘。传说炎帝在羊头山辨五谷，用羊做试验，羊吃了没大碍后，炎帝才教民播种。高平羊头山上有座碑座，一般的碑座的底端雕成乌龟，这里则是一只卧羊，这也从侧面反映了对羊的崇拜。上党地区对羊的崇拜很特殊，羊是当地人心中的吉祥物，送面羊的习俗从古代流传下来，至今不灭。古代祭祀活动中，羊被列为最主要的供品，要将羊头列于案前。随着时间推移，面塑的羊代替了活羊，人们用面掺和着米面做成羊的形状，用黑豆做羊的眼睛，用麦粒做羊的嘴，公羊身上用剪刀剪出谷穗，小小的面羊，麻、黍、稷、麦、豆，五谷俱全。人们把面羊做成各种形状，公羊、群羊、独羊、卧羊、站羊等等，这些面羊在人们的生活和祭祀活动中充当重要角色。

结婚要送面羊，过年要送面羊，新生儿满月、周岁要送面羊，面羊成为人们表达祝福、祈求平安的一种方式。远古时期，人们把自己看作是与图腾一体的东西。羊也是儿童成长的保护神，新生儿过满月时，亲友要送各种礼物表达对新生儿的祝福，姥姥家、舅舅家除了送帽子、鞋、衣服、银器首饰、被褥之外，还必须送一份面羊，面羊共五个，据说是取"伍"的同音，代表与羊为伍。五羊有大羊、二羊、三羊、四羊、五羊，另外还捏一块拴羊石。五羊中的大羊的头下要戴一把锁，家里人再用红线将三枚古铜钱套在大羊脖子上。羊在这里就是孩子的替代物，把羊拴在石头上意味着把孩子拴住，不会让恶魔把孩子拉走，祝福孩子平安健康地长大。孩子长到十五岁时要"圆十五"，又叫"圆羊""圆锁""迷魂锁""开锁"，姥姥家同样蒸一份面羊，其中一只大羊、十四只小羊，有站羊、卧羊等，一共十五只，象征十五岁，与满月不同的是，面羊下面没有锁，也没有拴羊石。开锁仪式完成后，孩子需要拿着一只面羊跑出去，表示长大成人，可以自由了。接着孩子用面羊在邻居家换一把盐，寓意可以出门闯荡体味人生。

陵川地区流传着一首童谣："六月六姥姥送面羊，小外甥见舅如亲娘。亲生娘管儿管不住，舅舅管外甥理应当。传统孝道和谐美德，常思面羊寓意深长。"陵川与壶关两个地方民俗民风、语言都十分相似。相传六月六送面羊的习俗来自于上党壶关鹅屋的一个小故事。很久以前，鹅屋一对四十多岁勤劳夫妻生下了儿子，夫妻俩对这孩子十分疼爱，含在嘴里怕化了，捧在手心怕摔了。儿子却对父母的爱不以为意，每天张扬跋扈，忤逆父母。夫妻俩不知道怎么管教孩子，只好去找孩子的姥姥和舅舅商量。舅舅一听外甥这么不懂事，很是生气，当下决定把外甥接回来，让他跟着自己放羊。放羊时，孩子看到小羊羔跪着吃奶，便随口问舅舅小羊羔为什么这样？舅舅说："大羊生小羊很不容易，怀着小羊，身子笨重，还得上山下坡地吃草。生下小羊后，大羊要一口一口地喂小羊吃奶，小羊跪着吃奶叫'羊羔跪乳'，是为了报答大羊的养育之恩呢。动物都是这样，何况是人呢？"小外甥听了这番话低下了头。又有一天，甥舅俩在山坡上放羊，大太阳热辣辣地照着大地，很多飞鸟都飞进树林里遮阴避暑，有几只小乌鸦却在炎炎烈日下继续觅食。外甥看到此景，问舅舅乌鸦难道不怕热吗？舅舅回答说："小乌鸦也怕热，但是它们的妈妈老了，飞不动了。小乌鸦必须给妈妈找到足够的食物，不然它妈妈会饿死的，这叫'乌鸦反哺'，小乌鸦这是报答父母的养育之恩呢。"小外甥知道自己忤逆父母不对，下定决心做个孝顺儿子。舅舅怕外甥回家后忘记，送给他一只小羊羔做礼物，时时刻刻提醒他要孝敬父母。这一天正好是六月初六。六月初六送面羊的习俗到现在还保留着，女儿生了孩子娘家就会送面羊，或者姑娘娶过门三年没有生出孩子也要提前送面羊。

青年男女结婚时,亲戚们每家都要蒸一个一斤面、八条腿的羊馒头,炸菊花形的散子表示对新人的祝福。送面羊的习俗在山西的很多地方都存在,巧合的是,这种习俗都围绕着以羊命名的地点。山西代县有条河以前叫"羊头神河",代县也有逢年过节送面羊的习俗。山西寿阳有羊头寨、羊头崖,周围的村子里,新生儿到了满月的时候也要蒸面羊。太行山西边的霍州把面羊叫"羊羔馍",霍州的孩子十二岁行成年礼,这天要在一个锅盖似的大馍上雕十二只羊,寓意孩子健康成长,然后举行开锁仪式。可以猜测,送面羊的习俗应该是原始时代羊图腾崇拜的残留。

炎帝是五谷之神,炎帝信仰的另一种表现形式是对五谷的崇拜。人们不约而同地保留着一些生活习惯,在潜移默化中表达对炎帝的敬爱。山西东南部人们在大年三十晚上,家中女人用小米和菜做成捞饭供在炎帝神位前,大年初一一大早还要做羊羔再次上供。每年二月初二动土日和十月初十谢土日,家家户户都要蒸面羊,在自家桌上或田间地头向五谷老爷献祭,祈求家人安康、五谷丰登。高平地区的人们每年入暑的第一天都要用带皮的五谷搅在一起磨成面粉,然后煮成五谷疙瘩吃。人们认为吃了五谷疙瘩,能得到炎帝的庇佑,免病消灾。秋收时候,每家每户都会在窗户上留一个小洞,一般要等到十月初一以后才会把洞口完全封闭。民间传说炎帝会在夜里用神力耕种庄稼,百姓给辛勤劳作的神灵留个口,便于他回来休息。秋收之后,当地还要举行"谷祀",

感谢炎帝保佑粮食丰收。农历十月初十，人们用自己种出的黍米蒸熟，捏成元宝、羊、灯盏的形状在炎帝面前献祭。

七月十五中元节，上党地区要敬祖、敬地、敬畜。亲友间互赠馒头以纪念炎帝在羊头山发现五谷。以前，各地炎帝庙的守庙人，村里的官员，村民都要组织在一起到炎帝神像前燃灯上供，祭祀中华民族的始祖神。村民祈求风调雨顺，人丁兴旺，同时感谢炎帝开创了农耕文明。有些地方的村民在中元节要把田里长得最好的五谷拔回来，摆放在祖宗神位前。每年中元节会在田间地头供奉炎帝，大家把白纸挂在谷子上。如果风吹着白纸向南刮，则表示今年将会获得大丰收。上午，家家户户的男主人要用手捧着面羊、面猪、香表到自家粮食长得最好的土地上，上香叩谢炎帝，感谢他赐给人们好收成，这是中元节的敬地活动。

山西东南部农村盖房前要先祭祀炎帝，过程十分讲究。盖房打地基前，女主人要准备好供品，陈列香案，由男主人向神灵敬献供品，焚香叩首，最后在地基上遍洒五谷。供奉炎帝的目的是祈求神灵保佑家中人畜兴旺，安居乐业。上梁画谷穗的习俗也极具特色。上梁的时候，要在梁上写明开工时间、完工时间和主人、工匠的姓名。最后用五色线把一束黍穗或者用黍做成的笤帚绑在房梁上，以求平安、驱邪气。民间有歌谣传唱"桃木弓柳木箭，五十个穗五色线"。盖房时要在院子里遍洒五谷，五谷自然会滚入地基砖瓦缝中，民众认为会得到炎帝保佑，家宅安稳。洒五谷时主人需念诵歌谣："打东方甲乙木，两日开花要结果；打西方壬癸水,砖瓦木石层层垒;打南方丙丁火,两日开花要结果;打北方庚辛金,砖瓦木石崭崭新。"

人们对五谷的信仰还体现在丧葬仪式中。入殓前,人们通常会在棺材里面铺上一层谷物。人们认为铺的谷物越多,对死者就越有利。棺材入土前,按风俗习惯要在坟墓里先撒上五谷。死者下葬封土后,还会在整个坟地撒上没有脱皮的五谷。当地传说哭丧棒的习俗源于炎帝幼女精卫。长治县境内发鸠山一带有大量的精卫填海的传说,山上有女娃墓遗址。传说女娃去世后,炎帝和他的族人非常悲痛。安葬女娃时,人们手里拿着树枝之类的棍棒寄托哀思,安葬完毕后,人们便把手里的树枝插满坟头。这种安葬的习俗一直流传下来,演变为现在的哭丧棒。此地举棒村便得名于此。

上党民众还保留自家采药的习俗,各家各户会出门采集蒲公英的叶子晾晒在院子里。晒干的蒲公英泡水喝有治疗皮肤瘙痒、过敏起疙瘩的功效。有些年长的人还会晾晒荆芥,将其和黑豆、绿豆、大豆一起炒熟后用开水冲服治疗感冒。这个习惯传承了千年,起源难以考究,或与炎帝在此尝百草有联系。

这些风俗一直从古代流传下来,或隐或现地穿插在生活中,现在人们已经说不出这些风俗习惯背后的寓意,但他们仍然怀着虔诚的信仰对神灵报以敬意。

（三）其他地区炎帝神农的民俗信仰

《帝王世纪》中记载："神农氏，姜姓也。母曰任姒，有蟜氏女，登为少典妃。游华阳，有神龙首，感生炎帝。人身牛首，长于姜水，有圣德。以火德王，故号炎帝，初都陈，又徙鲁。"① 文献记载炎帝活动地区在姜水、陈地和鲁地，书中又云："在位二十年，崩葬长沙。"长沙又称为炎帝活动的一个地理标志。姜水在渭水流域，《水经注》中将姜水准确定位在陕西省宝鸡市境内。陈地在今河南淮阳，与湖北随州相差不远，汉代时候两个地区都属于南阳郡。南宋郑樵编著的《通志》中记载："炎帝神农氏起于烈山，亦曰烈山氏。"烈山在今湖北随州，随州也成为炎帝活动的一个区域。据《逸周书》记载，黄帝与炎帝战于阪泉之野，炎帝战败后节节后退，最后退到了长沙茶乡，也就是今湖南株洲炎陵县境内。据《帝王世纪》记载，八代炎帝榆罔死后葬在这里。炎帝祭拜主要集中

---

① 皇甫谧：《帝王世纪》，辽宁教育出版社，1997年，第3页。

在山西高平、陕西宝鸡、湖北随州和湖南株洲。

宝鸡地区祭祀炎帝经久不衰,相传早在黄帝时就开始对炎帝进行祭祀。秦国开创了对炎帝和黄帝的官祭活动,《史记·封禅书》中有文字记载:"秦灵公作吴阳上畤,祭黄帝;作下畤,祭炎帝。"[1]西汉时,汉高祖自称为炎帝之子,做五方祭祀,祭祀炎帝、黄帝、青帝、白帝和黑帝。这种习俗一直延续到汉武帝时期。隋唐以后,宝鸡地区开始设庙宇祭祀炎帝,炎帝祭祀未曾断绝。清乾隆三十年《重修宝鸡县志》记载:"每年部颁日期,前期致斋三日。主祭官俱穿朝服,齐集坛所。"这是现存的清代祭祀文献记载。

宝鸡官民祭祀交错,祭祀地点众多。原来宝鸡古县城有神农庙祭祀,城南在正月十一在九龙泉祭祀炎帝诞辰,相传时为炎帝"洗三"和沐浴之所;姜城堡和清姜河,是史料记载的"姜水"流域,有"圣母庙"民祭;南边有濛峪沟、茹家庄村,民间传说是炎帝出生地,有民祭活动;天台山每年七月初七在天台山祭祀炎帝死葬。这四个地方历来是民众祭祀炎帝的地方,新中国成立之初依然存有祭祀设施,后祭祀活动中止。20世纪90年代宝鸡市政府组织重建"炎帝祠"和"炎帝陵",把农历七月初七作为"中国宝鸡炎帝节",进行隆重的官方和民间祭祀。

天台山祭祀炎帝的庙会历来是远近闻名的大庙会,形成于清

---

[1] 司马迁:《史记》,岳麓书社,2006年,第160页。

代中期，乾隆年间就有记载周围六十个村参与供奉。庙会参与者形成十一正户、十八帮户、七十二家蔑蔑户的组织结构。十一正户是庙会的核心组织和主要资金来源，按照年份轮流主持庙会，帮户和蔑蔑户除了出力外也要出一些资金。相传炎帝在天台山采药时，找到一种可食用的种子，随手撒在山坡上，第二天种子成熟了，长出了荞麦，这个地方因此得名荞麦山。传说炎帝在此地尝百草，误食"火焰子"，顿时肝肠寸断，在神农寝殿的"骨寝台"停尸十日，这里成了后代祭祀炎帝的场所。天台山每年农历正月十一祭祀炎帝诞辰，农历七月初七祭祀炎帝忌日，会期一般三到五天。以前庙会红火的时候，会上有皮影戏、木偶戏、乱弹等表演。庙会规模很大，周围民众纷纷前来祭拜，络绎不绝。天台山上还供有水神，此处求雨往往能成功。天台山庙会的会首由村民选举村中德高望重的人轮流担当。濛峪沟和茹家庄村在常羊山附近，宝鸡地区民间世代传说炎帝生于常羊山，也有一部分文献指出炎帝生于常羊山。庙会的日期选在农历七月初七，常羊山上有神农城，山腰上有圣女池。相传圣女池的水能治病，向圣母求雨也很灵验。1993年农历七月八日，在常羊山炎帝陵大殿前举行了盛大的民间祭祀仪式。峪泉村有神农庙，相传炎帝的母亲在常羊山感龙而有孕，怀孕三年，生下炎帝，炎帝头有青角，脸面像龙，浑身长满了鳞片似的东西。父亲把他丢在野外，这孩子有神力护佑，得到动物前来遮阴哺乳，活了下来。炎帝的母亲三天后找到了孩子，在泉水中给炎帝沐浴，泉水里有九条小龙为炎帝喷水冲凉，将炎帝皮肤洗得光滑白皙。炎帝得龙的保佑，十日后便能张口说话。"九龙泉"在峪泉村，山上立神农庙。

每年的农历正月二十六，宝鸡凤翔县陈村镇槐原村会举行一场古老的"女登会"。这里流传着炎帝孝顺母亲的故事，相传炎帝的母亲女登住在槐原村，炎帝当上部落首领后，在正月二十六那天回家探望母亲，想带着母亲出门享受天伦之乐，但是女登年纪大了行动不便。炎帝很孝顺，他想了个法子，抬着母亲绕了村子三圈。后人为了纪念炎帝和女登，在炎帝绕村的地方建了一座庙宇供奉炎帝的母亲，又在每年正月二十六举行祭祀活动。"女登会"又叫"排灯会"，古代战时为了显示人口众多，兵力强大，人们会在晚上有秩序地举灯出门，达到震慑外敌的效果。如今这一传统也保留下来，"女登会"的前一天夜里，人们都举着灯在供奉炎帝母亲的庙宇周围转一圈，人们敲锣打鼓，追忆炎帝及女登，教育后人要不忘孝道。

姜城村庙会过去是群众祭祀炎帝的活动场所之一，每年的七月初七都会有大型庙会，热闹非凡。村史中记载民国年间一次庙会唱戏请了五家戏班，两家唱秦腔的大戏，三家小戏唱木偶戏，皮影戏，五家戏班相互斗台，方圆几十里的民众都来这里看戏，人山人海。演戏的目的是酬神，戏台子要搭在庙门前，正对着神庙。开戏前戏班的班主要跟着会首去敬神，敬神之后方可唱戏。第一场戏唱《大奠酒》或者《蟠桃会》，之后演出五折折子戏。第一晚戏唱完，早晨要进庙上香。陈仓区桥镇白荆山每年农历三月二十会举行民祭活动。相传炎帝的母亲是有蟜氏的女儿，一日登山赏花不小心一脚踩空坠崖而亡。人们为了纪念炎帝之母，在山上修了圣母庙，每年农历三月二十村民都会请戏班为炎母唱戏。

随州地区对炎帝神农氏的祭祀活动起源很早，祭祀活动主要以祭祀"社稷"为主，也就是祭祀土地神和谷神。通常认为谷神是炎帝的儿子"稷"，烈山氏也被认为是炎帝后裔，共同使用炎帝族号。此地发掘的新石器时代遗址——淅河西花园遗址，遗址中发现一件红色陶罐，内存碳化的五谷颗粒。考古专家推断红色陶罐是奠基用的，目的是驱灾辟邪、保人平安，被认为是较原始的祭祀活动。北魏郦道元在《水经注》中记载了随州神农遗址有神农社的祭祀活动，南朝宋盛弘《荆州图记》中也对神农社记载云，随县北部有一山洞为神农出生地，外有九重堑，神农出世，九井相通，民众遂在此地常年祭祀。神农社是官方祭祀还是民间祭祀已不可考，可以肯定的是，此地祭祀神农之风十分久远。民间祭祀活动在一篇明代《炎帝庙像服记》中有记载，云："随之厉乡，炎帝所起，民因立庙祠炎帝至今。岁时水潦旱暵，灾诊病疠，有祷焉辄应，禽鸟蝼蚁至不敢近游其庙，民以此益尊畏之。其庙中偶上为帝像，而首之形如牛。"百姓立庙祭祀炎帝，每逢水涝、干旱、瘟疫、疾病，百姓来这里焚香拜神，虔诚祈祷以保平安。明代随州地区的官祭活动火热，随知州范钦命人在黄连村附近修建神农庙、神农观、神农洞等遗迹，大兴祭祀炎帝，此时的民间祭祀活动被官方化了。其后，又有随州知州创立厉山日中街，取意炎帝开创了日中而市的传统,将祭祀活动点移至厉山镇北。清代时,神农祭祀依然兴盛,每年神农庙都会举行祭祀活动。嘉庆进士储嘉珩曾做《厉山》诗一首,"庖牺生于陈,神农诞于楚。……耒耨教天下,医药慰疾苦。……有功则祀之,祭法天所许。至今神农庙,年年赛村鼓。"记载了当年民间祭祀炎帝的盛况。随州人还有祭先农的习俗。每年三月春耕开始,要选日子举行祭祀活动,祈求风调雨顺。祭祀完毕后,主持祭祀的官员做九次推动农具的动作,而后由农夫在田里完成耕种,此举立意在劝导民众努力耕作。

20世纪80年代后,随州地区官祭炎帝神农的活动悄然兴起。90年代随州市举办数次大规模祭祀炎帝活动。1993年祭祀活动参与人次上万。

随州厉山的民间祭祀活动能追溯到清同治八年(1869年),主祭人为胡兴普。民间祭祀形成一套完整的仪式,现在主要在神农文化广场和神农庙内举行。主祭先宣读颂文,歌颂炎帝功德,祈求炎帝保佑,主祭面对炎帝神像诵读祭文,读完后在大香炉中焚化。接着敬献供品,摆放牛头、猪头、羊头、五谷及瓜果糕点。主祭上香,享酒,奉酒三盅,一敬天,二敬地,三敬炎帝,之后行三拜九叩之礼。最后要举行文艺表演,舞狮、舞龙、划旱船、踩高跷、骑盲驴、蚌鹤斗,还有极具特色的板凳龙,丰富多彩的文艺活动也代表着人们对炎帝的诚挚祈愿。

神农架的祭祀活动在重阳节前后,举行大型公祭,歌颂炎帝功绩，寄托百姓敬意。

湖南株洲炎帝陵的祭祀活动形成一套体系，原始的炎陵祭祀包括祭天、祭祖、祭神，还会举行封禅、腊祭活动。腊祭始于炎帝，人们在腊月庆贺丰收，感谢先祖神灵庇佑，活动中会有盛大的傩舞表演。人们头戴与氏族图腾、族徽相关的面具随着音乐起舞，驱除疾病和妖魔鬼怪。炎帝陵祭祀受到历代王朝的重视，载于史册初见于宋代罗泌所著的《路史》，书中记载"有唐尝奉祀焉"。炎帝陵的祭祀活动从唐代开始至五代废止。宋太祖赵匡胤在乾德五年（967年）诏命"建庙陵前，肖像而祀，随之遣官诣致祭"，并"在三岁一举，率以为常"，以此形成定例，每三年举行一次祭祀活动。元代也在此祭祀炎帝，元英宗曾派学士阿沙石花来炎帝陵祭拜过一次。到了明代，有史可查的官祭活动有十五次，多以告祭为主，官祭后会立碑明事，但时间过于久远，祭文碑都损毁散失，现在祭文在《炎陵志》中有记载。清代官祭活动规模大，仪式隆重，次数多达三十八次。康熙三十五年(1696年)，康熙皇帝亲自任命王绅来炎帝陵告灾致祭。主祭官王绅特意书写了"炎帝神农氏之墓"墓碑，立碑炎帝陵前。官祭的主祭官由皇帝亲自挑选，由钦天监择定启程日期。启程前皇帝需戒斋一日，亲自授予主祭官祭文和香帛。主祭官到达炎帝陵，戒斋三日后举行祭祀仪式。

炎帝陵的祭祀形式多样，除了与其他地区相同的文祭、物祭、乐祭外，还有独特的火祭和龙祭。文祭包括祭文、碑文等，官方祭祀时要由主祭人面对炎帝神像诵读祭文，之后点燃焚烧。炎帝祭祀的物品中包含三牲、五谷、新鲜蔬果和中草药，以显示炎帝在人们生产生活中做出的突出贡献。祭祀完毕后要献歌献舞，舞曲的创作内容都基于神农教民耕种、制耒耜、尝百草等历史性功绩。火祭是炎帝陵祭祀的一种独特方式，炎帝为南方之神，五行主火，因此人们把炎帝及其子孙作为火神祭祀。火祭时首先由圣火采集手用击火石在圣火台击石起火，圣火台周围有中草药扎成的九条药龙，点燃药龙，九条药龙集中向巨石喷出大火，点燃炎帝圣火，火的传递同时宣告了中华民族自强不息的伟大精神。湖南炎陵县流传着很多炎帝的民间故事，传说炎帝尝百草误食断肠草身亡，人们本计划将炎帝葬在南边资兴县，灵柩放在木排上沿河水逆流而上，行至炎陵时，有两只被炎帝救过的白鹿在岸边哀鸣，一条巨龙在河边大哭还将灵柩吞入腹中，最后巨龙化为大山卧在河边。现在还能看到"龙爪石"和"龙脑石"。还有传说炎帝教民众把花草、稻禾等扎成一条草龙，每年庆祝丰收的时候舞动草龙。炎帝去世后，先民就用舞龙的方式来祭祀炎帝。炎陵地区也形成了"火星龙""三人布龙""草药火龙""阴阳龙"等独具特色的舞龙形式。炎帝下葬的民间故事有崇拜太阳，崇拜火的痕迹，也遗留着农耕风俗。传说送葬人群浩浩荡荡，他们手持哭丧棒，一路哀号从田间走过，踩倒了一大片稻谷。没想到秋天收稻谷，路上被踩到的稻谷反而长得特别好。于是，人们就悟出一种新的耕作方式，在插秧后十来天"踩田"。

炎帝陵在民国时依然有官祭活动。1940 年，湖南政府为抵御外患、巩固人心在炎帝陵举行祭祀，大大鼓舞了湘民士气，对抗战起了积极作用。改革开放以来，湖南株洲炎帝陵成为海内外华人寻根问祖的热点，举办大型祭祀活动有八十余次。官方大型祭祀活动多选在清明节、重阳节及其他重要节日，株洲市还在重阳节举行"炎帝节"活动。

炎帝陵民间祭祀活动流传民间更为久远。每月农历初一、十五、炎帝生辰（农历四月二十六）及各种节庆节令，十里八乡的百姓都会自发来炎帝陵祭祀，烧香敬祖，叩首祈福。每年正月，人们络绎不绝前往炎帝陵祭祀炎帝，人们在祭祀始祖前会将自己打理整齐、洁手洁身，在案台上敬献供品，行叩拜之礼。人们祈愿时会把自己的心愿写在布帛上，在布帛一端系上小石子等重物，投掷在炎帝陵内的古树上。人们认为布帛挂在树上，炎帝就会保佑他们的愿望实现。

炎帝在南方不仅是火神，还是灶神和社神。湖南郴州市安仁县自古以来有在春分时祭社神的习俗，俗称"赶分社"。社神指的就是神农，传说神农曾在此治病，这里的土地有了神农的灵气，长出来的植物都能做药材，方圆百里的人都仰慕而来，形成了大规模的集会。湖南会同地区腊月二十三祭灶神与祭祀炎帝息息相关。祭灶神是中国春节普遍存在的习俗，家家户户都会在腊月二十三晚上祭献灶神，以求的灶神上天言好事，家人平安顺利。会同地区有民谣："灶神本姓姜，一杯茶水三根香。"这就把炎帝等同于灶神。相传炎帝在茶陵发现了茶，会同地区祭献炎帝选择茶水而不用其他供品，也证明此地民众对炎帝有一种特殊的信仰。会同一带还存有神牛信仰，炎帝"人身牛首"，又将牛作为犁田犁地的主力，神牛信仰成为原始信仰的残留。湖南会同有炎帝故居，传说故居前的中轴线上卧着一头神牛。西北角山坡上有神牛庙，又叫太平庵，庵内原有一面直径三点三米的牛皮大鼓，人们供奉牛神，祈祷太平安宁。湖南的怀化、湘西等地至今保留着"斗牛"的习俗，俗称"牛打架"。农民之间或者寨子之间选择最健壮的牛进行比赛，获胜的一方有奖励。"斗牛"还演化为"斗牛舞"，会同周边的侗族人会装扮成牛的样子，模仿牛打架的动作，一边唱歌，一边舞蹈，具有浓厚的原始宗教色彩。

《左传》有云："国之大事，在祀与戎。"[1]祭祀与军事活动是国家大事。早期的祭祀主要祭祀祖先神和自然神，炎帝是华夏始祖神，又兼具农神、药神等，人们在精神上对其有依赖性。祭祀炎帝是古老的习俗，君主为国泰民安祈求神灵庇佑，民众心怀虔诚祈求五谷丰登，无病无灾。台湾地区也存有大范围的神农祭典活动。炎帝信仰范围极广，全国各地都存有祭祀炎帝的庙会活动。明代在北京设立三皇庙人们把炎帝作为无所不能的神灵祭祀，寄托人们对于美好生活的向往，满足民众心理需求，是民众认识世界的另一种角度。

---

[1] 左丘明：《左传》，岳麓书社，1988年，第162页。

中国自古以来是农耕文明国家,农者天下之本,农本思想在中国人心中根深蒂固。炎帝首先改变了先民逐水草而居的漂泊生涯,教民耕种,先民们刀耕火种、焚山沃土,开始定居下来。人们拜炎帝为农神,尊为"神农",为了风调雨顺、五谷丰登举行虔诚的农祭活动,这些活动在现代农村生活生产活动中还有部分残留。炎帝受到人们推崇,民间称炎帝为"五谷神""五谷大帝",庙宇里炎帝的造像必然手持五谷,祭品必须有五谷,这些细节反映了人们重视农业,体现农本思想。祭祀活动体现炎帝的伟大功绩,感恩炎帝为百姓做出的贡献,同时还有劝民耕种、教化民众的功能。

炎帝是医药之神,民众祭祀的药神很多,但炎帝是公认的医药始祖。人们将神农作为药神来祭祀,祭拜炎帝时会在供台上摆上药草,祈求家人平安、免病消灾;中国第一本中草药专著被命名为《神农本草经》,显示了神农作为药神的始祖位置;明代设先医庙祭,明成祖敕建三皇庙,供奉伏羲、神农、黄帝及历代十大名医,每年由太医院主持祭祀活动;南方的中药店中还会摆放炎帝身边的琉璃狮子狗作为守护神;台湾不少庙宇供奉的"药师琉璃光佛"即为神农大帝。人们千百年来不忘炎帝功绩,不忘炎帝牺牲自我的奉献精神,通过纪念炎帝表达人们的缅怀与崇敬。

火神信仰与太阳神信仰息息相关,炎帝为火神,也是中国的太阳神。"炎"字字形与火相关,像一团熊熊燃烧的火焰。羌族被认为是炎帝氏族的一支,以火为图腾,尊炎帝为"太阳神"。

民间对炎帝的祭祀活动包括各种形式的火祭，有些地区还将炎帝作为灶神来祭祀。根据五行说，炎帝代表的是火德，后来被代表土德的黄帝替代。炎帝信仰和对火的崇拜有千丝万缕的联系，不论这种联系是事实还是人为，流传至今都在人们生活中形成深刻的文化信仰，起着不可替代的重要作用。

民俗信仰是人们对超自然力的崇拜，具有神秘色彩。人们选取有相应功能意义的神明进行祭祀，以排解困扰获取精神力量，求得心灵的皈依。这些信仰活动贯穿人们的日常生活，有源源不断的生命力，为传承文化、诠释文化内涵起着重要作用。人们通过各种形式的祭拜活动在炎帝身上寄托了对始祖神的敬意，对五谷丰登的盼望和对家宅平安的祝愿。

炎帝信仰是中国人的精神家园之一，它可以增强民族凝聚力、加强民族认同感，是联结中华儿女的精神纽带。

三

文献与古迹

（一）炎帝神农的文献资料

炎帝是上古时期氏族部落首领，因教民耕种，创制种植工具，成为农神，被世人尊为"神农氏"。文献记载炎帝的父亲是少典氏，娶了有蟜氏的女子安登，安登在华山之阳巧遇神龙，下山后孕育炎帝，因炎帝出生于姜水流域，遂以"姜"为姓。炎帝牛首人身，面似龙颜，成人后身长八尺七寸，出生时有祥瑞之兆，有"九井自穿，汲一井而众水动"之说。神农氏以"火德"代伏羲氏的"水德"治理天下，顺应了我国古代朴素的五行思想。西汉时已尊炎帝为火师，认为他是南方之神，民间亦将炎帝作为与火相关的"太阳神""灶神"崇拜。后世文献将炎帝的故事神化，传说他出生三天可以说话，五天能行走，七天长全牙齿，三岁时开始玩种植庄稼的游戏。关于炎帝出生的文献记录很少，现摘录如下：

昔少典娶有蟜氏，生黄帝、炎帝。黄帝以姬水成，炎帝以姜水成。成而异德，故黄帝为姬，炎帝为姜，二帝用师以相济也，

异德之故也。(战国　左丘明《国语·晋语》)

炎帝即神农氏。宋衷注："炎帝即神农氏，炎帝身号，神农世号也。"(战国《世本》)

孟夏之月，日在毕，昏翼中，旦婺女中。其日丙丁。其帝炎帝，其神祝融。

仲夏之月，日在东井，昏亢中，旦危中。其日丙丁。其帝炎帝，其神祝融。

季夏之月，日在柳，昏火中，旦奎中。其日丙丁。其帝炎帝，其神祝融。(西汉　戴圣《礼记·月令》)

《易》曰："庖牺氏没，神农氏作。"言共工伯而不王，虽有水德，非其序也，以火承德，故为炎帝，教民耕农，故天下号曰神农氏。(东汉　班固《汉书》)

姜，神农居姜水以为姓，从女羊声。(东汉　许慎《说文解字》)

有神农首出常羊，感任姒，生赤帝魁隗，身号炎帝，世号神农，代伏羲氏。其德火纪，故为火师而火名。是始斫木为耜，揉木为耒，日中为市，致天下之民，聚天下之货，交易而退，各得其所。(东汉　王符《潜夫论》)

炎帝神农氏，姜姓也。母曰任已，有蟜氏女，名曰女登，为少典正妃。游华山之阳，有神龙首感女登于尚羊，生炎帝。人身牛首，长于姜水，有圣德。(西晋　皇甫谧《帝王世纪》)

炎帝神农氏，母曰女登，游于华阳。有神龙首感女登于常羊山，生炎帝。人身牛首，有盛德。致大火之瑞，嘉禾生，醴泉出。(南

朝　沈约《宋书》）

　　神农既诞，九井自穿，谓斯水也。又言汲一井而众水动。（北魏　郦道元《水经注》）

　　神农氏以火纪，故为火师火名。（唐　杜佑《通典》）

　　神农氏以火纪，故为火师火名。火，德也，故为炎帝。春官为大火，夏官为鹑火，秋官为西火，冬官为北火，中官为中火也。神农有火星之瑞，因以名师与官也。（元　马端临《文献通考》）

　　少典氏之君娶于有蟜氏之女曰安登，生二子焉，长曰石年，育于姜水，故以姜为姓。以火德代伏羲氏治天下，故曰炎帝。（清　吴乘权《纲鉴易知录》）

　　少典之君，娶于有蟜氏之女，曰安登，生神农。三日而能言，七日而齿具，三岁而知稼穑。（清　徐文靖《竹书统笺》）

　　神农生，三辰而能言，五日而能行，七朝而齿具，三岁而知稼穑般戏之事。……少典妃安登，游于华阳，有神龙首，感之于常羊。生神子，人面龙颜，好耕，是谓神农。……女登生神子，人面龙颜，始为天子。（[日]安居香山等《纬书集成》）

　　神农长八尺有七寸，弘身而牛头，龙颜而大唇，怀成铃，戴玉理。（[日]安居香山等《纬书集成》）

　　任已感龙，生帝魁。……任姒感龙，生帝茋魁。……神农名轨。（[日]安居香山等《纬书集成》）

　　有神人，名石耳，苍色大眉，戴玉理，驾六龙，出地辅，号皇神农,始立地形,甄度四海,东西九十万里,南北八十一万里。……有神,石耳苍色,大肩,驾六龙出辅,号曰神农。……神农始立地形,甄立度四海远近,山川林薮所至,东西九十万里,南北八十一万里。([日]安居香山等《纬书集成》)

最早关于炎帝氏族的文献记载为《山海经》,其中记载炎帝娶妻听訞,第四代传人为祝融,祝融生共工,共工生后土,后土之孙为夸父。神话传说中祝融为火神,与炎帝火师的功能一脉相承;共工治水,疏通河道,保证农业生产,其女后土,也是著名的农神,教给人们种植的方法;夸父身高马大,追逐太阳,与炎帝八尺七寸的巨人身姿相似。关于炎帝子嗣的记载很多,有文献记载炎帝族是人鱼族,可上天入地。后世有传炎帝生于烈山,亦号"烈山氏""厉山氏",烈山氏生子柱,种植百谷,有教民耕种的故事。这些文字流传甚久,真伪考量确有难度。文献中常把炎帝与黄帝联系在一起,他们之间的关系主要有三种说法,其一,炎帝与黄帝是兄弟,炎帝为兄,以姜为姓,黄帝为弟,生于姬水,以姬为姓。二人的父亲都是少典氏的儿子,母亲都是有蟜氏的女儿,二人同父同母,为同胞兄弟。其二,认为炎帝和黄帝毫不相干,炎帝部落和黄帝部落是黄河流域比较大的部落,炎帝年龄略长,黄帝打败炎帝后,建立了统一的华夏族。其三,认为黄帝是炎帝的后裔,炎帝建立了庞大的部落,后传位于轩辕黄帝,这一说法少见,但仍有文献记载。炎帝氏族在中国神话史上地位显赫,兄弟子孙构成了诸多神话故事，成为中国神话的重要来源。

炎帝之妻，赤水之子听訞生炎居，炎居生节并，节并生戏器，戏器生祝融。祝融降处于江水，生共工。共工生术器，术器首方颠，是复土壤，以处江水。共工生后土，后土生噎鸣，噎鸣生岁十有二。（《山海经·海内经》）

后土生信，信生夸父。（《山海经·大荒北经》）

炎帝之孙伯陵，伯陵同吴权之妻阿女缘妇，缘妇孕三年，是生鼓、延、殳。殳始为侯，鼓、延是始为钟，为乐风。（《山海经·海内经》）

有氐人之国，人面鱼身。炎帝之孙名曰灵恝，灵恝生氐人。是能上下于天。（《山海经·大荒西经》）

昔少典娶有蟜氏，生黄帝、炎帝。黄帝以姬水成，炎帝以姜水成。成而异德，故黄帝为姬，炎帝为姜，二帝用师以相济也，异德之故也。异姓则异德，异德则异类。（战国　左丘明《国语》）

故观于上世，其封建众多，其福长，其名彰。神农十七氏有天下，与天下同之也。（战国　吕不韦《吕氏春秋》）

臣闻炎帝有天下，以传黄帝。（《越绝书·计倪内经》）

《礼》曰："烈山氏之有天下也，其子曰柱，能植百谷。夏之衰也，周弃继之，故祀以为稷。共工氏之霸九州也，其子曰后土，能平九土，故祀以为社。"传或曰："炎帝作火，死而火灶。禹劳力天下水，死而为社。"（《论衡·祭意》）

炎帝神农，母曰任姒，有蟜氏女，名女登，少典妃，游华阳，有龙首感之，生神农于裳羊山。娶莽水氏女听訞。（西晋　皇甫谧《帝王世纪》）

炎帝神农氏，姜姓也。……继无怀之后，本起烈山，或称烈山氏。在位一百二十年而崩。纳奔水氏女曰听谈，生帝临魁，次帝承、次帝明，次帝直、次帝釐、次帝哀、次帝榆罔，凡八代及轩辕氏也。（西晋　皇甫谧《帝王世纪》）

神农立极，先定乾坤，推五德之运，以火承木，因以纪官……有子曰柱，能治百谷百蔬，与民并耕而食，发教于天下，使之积粟，国富民安，故号曰神农氏。（宋　胡宏《皇王大纪》）

炎帝之女是上古神话中的重要角色，文献中提及炎帝的四个女儿，分别是女娃、女尸、帝女桑、炎帝少女。经典神话精卫填海的故事主角是女娃，最早的记载见于《山海经》，讲述女娃溺于东海化为精卫鸟，誓平水患，填平东海的故事。女尸也是炎帝之女，未成年出嫁不幸夭亡，炎帝将其葬在姑瑶山，女尸化为瑶草，吞食瑶草能让人变得妩媚动人。女尸在后人记载中化为瑶姬，葬于巫山之阳，也就是文人篇章中的"高唐神女"、"巫山神女"，成为典型的文学形象。帝女桑的记载很少，而且与修道相关，具有仙话色彩，有可能是后人附会。帝女桑修道成仙，终日住在桑树上，变化为白鹊，炎帝很悲痛，几番劝说，帝女桑始终不下桑树。炎帝只好焚火烧树，助帝女桑升天成仙。文献中炎帝还有一个没有名字的小女儿，跟随雨师赤松子上天成仙，后来也化为雨师，游历人间。关于炎帝之女的文献记录很少，现搜集整理她们的文献资料以展现原委。

精卫

发鸠之山，其上多柘木，有鸟焉，其状如乌，文首，白喙，赤足，名曰："精卫"，其鸣自詨。是炎帝少女，名曰女娃。女娃游于东海，溺而不返，故为精卫。常衔西山之木石，以堙于东海。（《山海经·北次三经》）

昔炎帝女溺死东海中，化为精卫。偶海燕而生子，生雌状如精卫，生雄状如海燕。今东海精卫誓水处，曾溺于此川，誓不饮此水。一名誓鸟，一名冤禽，又名志鸟，俗呼帝女雀。（南朝　任昉《述异记》）

帝女桑

南方赤帝女学道成仙，居南阳愕山桑树上，正月一日衔柴作巢，至十五日成，或作白鹊作灰汁，或女人。赤帝见之悲恸，诱之不得，以火焚之，女即升天，因名帝女桑，今人至十五日焚鹊巢坐灰汁，浴蚕子招丝，像此也。（北宋　李昉等《太平御览》）

女尸

姑瑶之山，帝女死焉，其名曰女尸，化为瑶草，其叶胥成，其华黄，其实如菟丘，服之媚于人。（《山海经·中次七经》）

赤帝女曰瑶姬，未行而卒，葬于巫山之阳，故曰巫山之女。

楚怀王游于高唐，梦见与神遇）。暧乎若云，皎乎若星，将行未止，如浮忽停，详而观之，西施之形。王悦而问之，曰："我夏帝之季女也，名曰瑶姬，未行而亡，封于巫山之台。精魂为草，摘而为芝，媚而服焉，则与梦期。所谓巫山之女，高唐之姬。闻君游于高唐，愿荐寝席。王因幸之。既而言曰："妾处之羸，尚莫可言之，今遇君之灵，幸妾之挛。将抚君苗裔，藩乎江汉之间。"王谢之。辞去，曰："妾在巫山之阳，高邱之岨，旦为朝云，暮为行雨，朝朝暮暮，阳台之下。"王朝视之，如言，乃为立馆，号曰朝云。(唐　余知古《渚宫旧事》)

炎帝少女

赤松子者，神农时雨师也。服水玉以教神农。能入火自烧。往往至昆仑山上。常止西王母石室中，随风雨上下。炎帝少女追之，亦得仙，俱去。至高辛时，复为雨师，今之雨师本是也。(西汉　刘向《列仙传》)

赤松子者，神农时雨师也，服冰玉散，以教神农。能入火不烧。至昆仑山，常入西王母石室中，随风雨上下。炎帝少女追之，亦得仙，俱去。至高辛时，复为雨师，游人间。今之雨师本是焉。(东晋　干宝《搜神记》)

上古部落逐水草而居，部落间经常为水源或食物发生争斗，炎帝部落是黄河流域最大的部落之一，必不能幸免。关于炎帝战争的记录，主要是对黄帝的阪泉之战和对蚩尤的涿鹿之战。文献记载炎帝统治后期部落内乱、政治衰落，黄帝部落逐渐强大，二者战于阪泉，黄帝率领熊、罴、狼、虎、豹与炎帝作战，经过多次战争最终战胜炎帝，成为黄河流域最大的部落。大部分文献记载蚩尤为炎帝部落的统领，他天性残暴，逞强斗恶，在炎帝部落犯上作乱后脱离部落。后来，炎黄部落合二为一，蚩尤寻隙闹事，炎黄二帝决定合力击之。双方大战，黄帝斩蚩尤于涿鹿之野。经过这次战争，黄帝成为黄河流域的统领者。有当代学者考证后认为，炎帝为部落称号，部落每一任首领都自称为炎帝，蚩尤自立门户后因是炎帝分支，亦自号为"炎帝"。因此，阪泉之战与涿鹿之战有可能是黄帝对战蚩尤的同一场战争，只是名号不同。但第一种说法是千年来多见诸文献的史料，更得大众认同。

昔天之初，□作二后，乃设建典。命赤帝分正二卿。命蚩尤于宇少昊，以临四方，司□□上天未成之庆。蚩尤乃逐帝，争于逐鹿之河，九隅无遗。赤帝大慑，乃说于黄帝，执蚩尤，杀之于中冀。以甲兵释怒……名之曰绝辔之野。乃命少昊请司马鸟师，以正五帝之官，故名曰质。天用大成，至于今不乱。（《逸周书·尝麦解》）

黄帝与炎帝战于阪泉之野，帅熊、罴、狼、豹、虎为前驱，雕、鹖、鹰、鸢为旗帜，此以力使禽兽者也。（战国 列御寇《列子》）

兵之所由来者远矣，黄帝尝与炎帝战矣……故黄帝战于涿鹿之野……夫兵者，所以禁暴讨乱也。炎帝为火灾，故黄帝擒之。（西

汉 刘安《淮南子》)

黄帝与炎帝争为天子,教熊、罴、貔、虎大战于阪泉之野,三战得志,炎帝败绩。(东汉 王充《论衡》)

传言黄帝妊十二月而生,生而神灵,弱而能言。长大率诸侯,诸侯归之。教熊罴战,以伐炎帝,炎帝败绩。(东汉 王充《论衡》)

黄帝者,少典之子,姓公孙,名曰轩辕。生而神灵,弱而能言,幼而徇齐,长而敦敏,成而聪明。轩辕之时,神农氏世衰。诸侯相侵伐,暴虐百姓,而神农氏弗能征。于是轩辕乃习用干戈,以征不享,诸侯咸来宾从。而蚩尤最为暴,莫能伐。炎帝欲侵陵诸侯,诸侯咸归轩辕。轩辕乃修德振兵,治五气,艺五种,抚万民,度西方,教熊罴貔貅䝙虎,与炎帝战于阪泉之野。三战,然后得其志。蚩尤作乱,不用帝命,于是黄帝乃征师诸侯,与蚩尤战于涿鹿之野,随擒杀蚩尤。而诸侯咸尊轩辕为天子,代神农氏,是为黄帝。(东汉 司马迁《史记》)

……及神农氏衰,黄帝修德扶民,诸侯咸去神农而归之,黄帝于是乃扰驯猛兽,与神农氏战于阪泉之野,三战而克之。又征诸侯,使力牧、神皇直讨蚩尤氏,擒之于涿鹿之野,使应龙杀之于凶黎之丘。凡五十二战而天下服。

神农氏衰,蚩尤氏叛,不用帝命,黄帝于是修德扶民。……诸侯咸叛神农而归之。……诸侯有不服者,从而征之,凡五十二战,而天下大服。(西晋 皇甫谧《帝王世纪》)

爰自炎帝政衰,蚩尤作乱,始制干戈,以毒天下。(元 脱脱

等《辽史》)

黄帝有熊氏,姬姓,曰轩辕。有熊国君少典之子。生而神灵,弱而能言,幼而徇齐,长而敦敏,成而聪明。炎帝既没,子孙德衰,蚩尤始作乱,延及于平民,罔不寇贼奸宄,攘夺矫虔。黄帝乃治五兵以征之,于蚩尤战于涿鹿之野,禽而杀之,诸侯皆去神农氏,归黄帝。黄帝与炎帝子孙战于阪泉之野,三战,然后得其志,诸侯咸尊黄帝为天子,代神农氏。(宋 司马光《稽古录》)

炎帝者,黄帝同母异父兄弟也。各有天下之半。黄帝行道,而炎帝不听,故战于涿鹿之野。(清 朱彝尊《日下旧闻考》)

黄帝与炎帝争斗涿鹿之野,将战,筮于巫咸。(清 朱彝尊《日下旧闻考》)

黄帝百战,百战之数未尽闻也,与炎帝战于阪泉之野三,与蚩尤战于涿鹿之野七十二,其大略也。(清 朱彝尊《日下旧闻考》)

炎帝最大的功绩是对农业和医药的贡献,他发现粮食,耕种五谷,制造了便于耕作的耒耜,改变了先民茹毛饮血的生活状态。五谷从何而来?《逸周书》中提到,神农时,天上下黍米,神农捡到黍米耕种成功。丹雀衔穗说也有记载,传说丹雀衔九个穗头的谷穗给神农,神农品尝后种植出粮食,缓解了食物缺乏的局面。文献记载神农还创制了很多种田的妙方,他凿地为井贯通水源,还将种子浸在马粪中,确保种子不生虫。他斫木为耜,揉木为耒,农业开始兴起,渔猎社会逐渐转化为农业社会。上古时期,民众不知有疾病,或误食有毒的食物,或者在恶劣的环境下感染风寒,病症严重时往往夺人性命。神农从植物中获得灵感,品尝出植物的平、毒、寒、温,分辨出哪些药草可治疾病。他遍尝百草,以身试险,传说他一日中七十种毒,因他天生有神力庇佑,能化解毒性。神农的生命因尝草终结,传说他吃到剧毒的断肠草,肠断而亡。神农的这两项功绩对中华文明有不可磨灭的影响,在各时代的文献中都有记载,现摘录如下:

神农之时,天雨粟,神农遂耕而种之。作陶冶斤斧,破木为耜,鉏耨以垦草莽,然后五谷兴,以助果蓏之实。(《逸周书汇校集注》)

包牺氏没,神农氏作。斫木为耜,揉木为耒,耒耨之利,以教天下,盖取诸益。日中为市,致天下之民,聚天下之货,交易而退,各得其所。盖取诸噬嗑。神农氏没,黄帝、尧、舜氏作。(《周易》)

神农教耕生谷,以致民利。(《管子·形势解》)

管子曰:"神农之数曰:一谷不登,减一谷,谷之法什倍。二谷不登减二谷;谷之法再十倍。夷疏满之。无食者予之陈,无种者贷之新。故无什倍之贾,无倍称之民。"(《管子·揆度》)

神农作,树五谷淇山之阳,九州之民,乃知谷食,而天下化之。(《管子·轻重戊》)

神农和药济人。(战国《世本》)

昔烈山氏之有天下也,其子曰柱,能殖百谷百蔬。夏之兴也,

周弃继之，故祀以为稷。共工氏之伯九有也，其子曰后土，能平九土，故祀以为社。（战国 左丘明《国语》）

燧人之世，天下多水，故教民以渔。宓羲之世，天下多兽，故教民以猎。

神农治天下，欲雨则雨。五日为行雨，旬为谷雨，旬五日为时雨。正四时之制，万物咸利，故谓之神。（战国 尸佼《尸子》）

士有当年而不耕者，则天下或受其饥矣；女有当年而不绩者，则天下或受其寒也。故身亲耕，妻亲织，所以见致民利也。（战国 吕不韦《吕氏春秋》）

先圣乃仰观天文，俯察地理，图画乾坤，以定人道。民始开悟，知有父子之亲，君臣之义，夫妇之道，长幼之序。于是百官立，王道乃生。民人食肉饮血，衣毛皮。至于神农，以为行虫走兽难以养民，乃求可食之物，尝百草之实，察酸苦之味，教人食五谷。（西汉 陆贾《新语》）

古者，民茹草饮水，采树木之实，食蠃蠬之肉。时多疾病毒伤之害，于是神农乃始教民播种五谷，相土地宜，燥湿肥墝高下，尝百草之滋味，水泉之甘苦，令民知所辟就。当此之时，一日而遇七十毒。

盖闻传书曰："神农憔悴，尧瘦癯，舜霉黑，禹胼胝。"由此观之，则圣人之忧劳百姓甚矣。（西汉 刘安《淮南子·修务论》）

神农以为走禽难以久养民，乃求可食之物，尝百草之实，察酸苦之味，教民食五谷。（西汉 贾谊《贾谊新书》）

生民之本，兴自神农之世。"斫木为耜，燥木为耒，耒耨之利以教天下"，而食足；"日中为市，致天下之民，聚天下之货，交易而退，各得其所"，而货通。食足货通，然后国实民富，而教化成。（东汉　班固《汉书》）

神农尝百草，水土甘苦。（《越绝书》）

神农之揉木为耒，教民耕耨，民始食谷，谷始播种，耕土以为田，凿地以为井。井出水救渴，田出谷以拯饥。天地鬼神所欲为也。（东汉　王充《论衡·感虚》）

神农后稷，藏种植方，煮马屎以汁渍种者。今禾不虫。（东汉　王充《论衡·商虫》）

神农时民方食谷，释米加烧石上而食之。……神农作耒耜。（魏晋　谯周《古史考》）

神农以赭鞭鞭百草，尽知其平、毒、寒、温之性，臭味所主，以播百谷。故天下号神农也。（东汉　干宝《搜神记》）

炎帝神农氏……始教天下耕种五谷而食之，以省杀生。（西晋　皇甫谧《帝王世纪》）

尝味百草，宣药疗疾，救夭伤之命，百姓日用而不知，著《本草》四卷。（西晋　皇甫谧《帝王世纪》）

炎帝始教民耒耜，躬勤畎亩之事，百谷滋阜。圣德所感，无不著焉。神芝发其异色，灵苗擢其嘉颖，陆地丹蕖，骈生如盖，香露滴沥，下流成池，因为蓁龙之圃。朱草蔓衍于街衢，卿云蔚蔼于丛薄，筑圆丘以祀朝日，饰瑶阶以揖夜光。奏九天之和乐，百兽率舞，八音克谐，木石润泽。时有流云洒液，是谓"霞浆"，服之得道，后天而老。有石璘之玉，号曰"夜明"，以暗投水，浮而不灭。当斯之时，渐草庇牺之朴，辨文物之用。时有丹雀衔九穗禾，其坠地者，帝乃拾之，以植于田，食者老而不死。采峻锾之铜以为器，峻锾，山名也。下有金井，白气冠其上。人升于其间，雷霆之声，在于地下。井中之金柔弱，可以缄縢也。（东晋　王嘉《拾遗记》）

神农播种，始诸饮食，致敬鬼神，蜡为田祭，可为吉礼。（唐　杜佑《通典》）

太古之时，人食鸟兽之骨肉，衣鸟兽之皮，后代人民侵多，禽兽寡少，衣食不足，于是神农教其播植，导其纺织，以代鸟兽之命。（唐　李筌《太白阴经》）

神农尝百草尝五谷，蒸民乃粒食。（唐 魏征等《隋志 典语》）

又神农、桐君论《本草》药性。（唐　李百药《北齐书》）

大圣神农氏，愍黎元多疾，遂尝百药，以救疗之，犹未尽善。

昔神农便尝百草，以辨五苦六辛之味，逮伊尹而汤液之剂备。（唐　孙思邈《备急千金要方》）

炎帝神农氏……民有疾病未知药石，乃味草木之滋，察寒温之性，而知君臣佐使之义。皆口尝而身试之，一日之间而遇七十毒。或云神农尝百药之时，一日百死百生。其所得三百六十物，以应周天之数。后世承传为书，谓之《神农本草》。又作《方书》以救时疾。（宋　郑樵《通志》）

神农始究息脉，辨药性，制针灸，作药方。（明 董斯张《广博物志》）

神农稽首再拜，问于太一小子曰："凿井出泉，五味煎煮，口别生熟后乃食咀，男女异利，子识其父，曾闻太古之时，人寿过百，无殂落之咎，独何气使然耶？"太一小子曰："天有九门，中道最良，日月行之，名曰国皇，字曰老人，出见南方，长生不死，众耀同光。"神农乃从其尝药以救人命。（明 董斯张《广博物志》）

神农有子，年七岁，有圣德，同历名山，辨其药性。（明 董斯张《广博物志》）

初艺五谷……古者，民茹草木之实，食禽兽之肉，未知耕稼，炎帝因天时，相宜地，断木为耜，揉木为耒，始教民艺五谷，而农事兴焉。民有疾病，未知药石，炎帝始味草木之滋，察其寒、温、平、热之性，辨其君、臣、佐、使之义，尝一日而遇七十毒，神而化之，遂作《方书》以疗民疾，而医道自此始矣。复察水泉甘、苦，令人知所避就。由是斯民居安食力，而无夭札之患，天下宜之，故号曰神农。（清 吴乘权《纲鉴易知录》）

（神农）味尝草木，作《方书》。（清 徐文靖《竹书统笺》）

神农修德，作耒耜，地应之以醴泉。……神农作田道，就耒耜，天应以嘉禾，地出以醴泉。（[日]安居香山等《纬书集成》）

炎帝的历史功绩不仅限于农业和医药，他不仅是中华民族的始祖神，还是中华文明的创造神。他的发明既适用于人们的物质生产生活，又引导人们进入精神世界。文献记载，为了便利农业生产，炎帝开创了最初的贸易，"日中为市，致天下之民，聚天下之货，交易而退，各得其所"①。炎帝设定了与农业有关的祭祀，夏季用雩祭求雨，腊月用腊祭供奉五谷感谢自然神灵。这些祭祀寄托了先民对自然的信仰，成为人们感谢自然、期盼丰收的一种重要方式，它们演化为各种形式依然存在于中国农村的各个角落，深深影响着以农业为生的民众。

神农琴的记载见于早期文献中，神农以桐木作琴身，以丝线为琴弦，用五根丝线代表了宫、商、角、徵、羽五个音，用来修身养性、贯通万物生灵，达到天、地、人的统一。神农制卦的文献信息较少，但也有明确记载。神农氏带伏羲氏治理天下，伏羲制八卦，神农将八卦丰富为六十四卦，名曰《连山》（一说《归藏》）。琴与八卦的神话中，炎帝的事迹与其他人物有重合，伏羲制琴的神话广为流传，伏羲制八卦，文王演周易是人们认同较深的说法。上古帝王的事迹掺杂混乱，难于具体分辨，只好将记载列录如下，供读者借鉴。

神农作琴、神农琴长三尺六寸六分，上有五弦，曰宫、商、角、徵、羽。（战国《世本》）

夫物未尝有张而不弛，成而不毁者。惟圣人能盛而不衰，盈

---

① 《周易》，朱熹注，上海：上海古籍出版社，1987年，第64页。

而不亏。神农之初作琴也,以归神;及其淫也,反其天心。(西汉 刘安《淮南子·泰族训》)

琴,神农造也。琴之言,禁也。君子守以自禁也。昔神农氏继宓羲而王天下。上观法于天,下取法于地。于是始削桐为琴,练丝为弦,以通神明之德,合天地之和焉。神农氏为琴七弦,足以通万物而考理乱也。(东汉 桓谭《新论》)

《洪范》八政,一曰食,二曰货。食谓农殖嘉谷可食之物,货谓布帛可衣,及金、刀、鱼、贝,所以分财布利通有无者也。二者,生民之本,兴自神农之世。"斫木为耜煣木为耒,耒耨之利以教天下",而食足;"日中为市,致天下之民,聚天下之货,交易而退,各得其所",而货通。食足货通,然后国实民富,而教化成。(东汉 班固《汉书》)

于是神农、黄帝弦木为弧,剡木为矢。弧矢之利,以威四方。(东汉 赵晔《吴越春秋》)

炎帝神农氏……教化人民日中为市,交易而退,各得其所。(东汉 司马迁《史记·三皇本纪》)

琴,禁也,神农所作,调越练朱五弦。(东汉 许慎《说文解字》)

雩,夏祭乐于赤帝,以祈甘雨也。(东汉 许慎《说文解字》)

古者烈山氏之王得河图,夏后因之曰《连山》;归藏氏之王得河图,殷人因之曰《归藏》;伏羲氏之王得河图,周人因之曰《周易》。(东汉 王充《论衡》)

《易》博士淳于俊对曰:"包羲因燧皇之图而制八卦,神农演之为六十四,黄帝、尧、舜通其变,三代随时,质文各繇其事。故《易》者,变易也,名曰《连山》,似山出内云气,连天地也;《归藏》者,万事莫不归藏于其中也。"(西晋 陈寿《三国志》)

(神农氏)重八封之数,究八八之体,为六十四卦。(西晋 皇甫谧《帝王世纪》)

神农氏……作五弦之琴。(西晋 皇甫谧《帝王世纪》)

神农作琴,文王益其少宫少商,听凤以定律。(西晋 皇甫谧《帝王世纪》)

庖牺氏作八卦,神农重之为六十四卦,黄帝、尧、舜引而申之,分为二易。至夏人因炎帝曰《连山》,殷人因黄帝曰《归藏》。文王广六十四卦,著九六之爻,谓之《周易》。(西晋 皇甫谧《帝王世纪》)

畴昔神农,始治农功,正节气,审寒温,以为早晚之期,故立历日。(晋 杨泉《物理论》)

丝之属四:一曰琴,神农制为五弦,周文王加二弦为七者也。二曰瑟,二十七弦,伏牺所作者也。三曰筑,十二弦。四曰筝,十三弦,所谓秦声,蒙恬所作者也。(唐 魏征等《隋书》)

伏羲列八节,神农立四时。(白居易、孔传《白孔六帖》)

神农以十一月为正,尚赤。(唐 孔颖达《礼记正义》)

自神农列廛于国,以聚货帛,日中为市,以交有无。(唐 杜佑《通典·食货典》)

琴,《世本》云神农所造,《琴操》曰伏羲作琴,所以修身理性,

反其天真。(唐　杜佑《通典·乐典》)

神农乐名《扶持》，亦曰《下谋》。(唐　杜佑《通典·乐典》)

作为陶冶，合土范金(宋　胡宏《皇王大纪》)

又曰伊祁氏，伊祁氏始为蜡，蜡也者合也，岁十二月，合聚万物，索飨之，主先啬而祭司啬焉，祭百种以报啬也。……有献羊头山嘉禾八穗者，乃作穗书以颁时令，令曰：丈夫丁壮而不耕，天下有受其饥者，妇人丰盈而不织，天下有受其寒者。……乃命天下，日中为市，致天下之民，聚天下之货，交易而退，各得其所。(宋　胡宏《皇王大纪》)

蜡者，岁十二月合聚百物而索飨之也。《礼记 郊特性》曰：伊耆氏始为蜡，又曰蜡之祭，主啬而祭司啬，先为田，报祭也。《诗疏》云，伊耆、神农，并与大庭为一也。(宋　高承《食物纪原》)

《字源》曰：太昊时，始有文字，或云篆，黄帝便古为文字。又曰：庖牺氏获景龙，作龙书；炎帝因嘉禾作穗书，仓颉变古文，写鸟迹，作鸟迹篆；少昊作鸾凤书，取似古文；高阳作蝌蚪书；尧因轩辕龟图作龟书；夏后氏作形似篆。(宋　高承《事物纪原》)

《古今乐录》：昔炎帝时，有娀之女覆以玉筐，少选视之，燕遗二卵五色，北飞，逐之不及，二女作歌，始为北音。(宋　李昉等《太平御览》)

炎帝神农氏……始作五弦，削桐为琴，纠丝为弦，以通天地之德，以合神人之和。……《明堂位》曰：土鼓、蒉桴、苇籥，伊耆氏之乐也。(宋　郑樵《通志》)

《三皇太古书》三卷,《柴霖传》亦谓之《三坟》。曰山气形,天皇伏羲氏,本山坟而作易曰《连山》,人皇神农氏,本气坟而作易曰《归藏》;地皇黄帝氏,本形坟而作易曰《乾坤》。虽不画卦,而其名皆曰卦爻大象。《连山》之大象有八,曰君、臣、民、物、阴、阳、兵、象,而统以山。《归藏》之大象有八,曰归、藏、生、动、长、育、止、杀,而统以气;《乾坤》之大象有八,曰天、地、日、月、山、川、云、气,而统以形,皆八而八之为六十四。其书汉魏不传,至元丰中始出于唐州比阳之民家,世疑伪书。然其文古,其辞质而野,其错综有经纬,非后人之能为也。《纬书》犹见取于前世,况此乎!(南宋 王应麟《玉海》)

自神农列廛于国,以聚货帛,日中为市,以交有无。虞夏商之币,金为三品,或黄,或白,或赤,或钱,或布,或刀,或龟贝。(南宋 王应麟《玉海》)

神农因早干戈殳戟矛斧。(明 董斯张《广博物志》)

神农始为著筮。(明 董斯张《广博物志》)

《周书》曰:神农作瓦器。

《周书》曰:神农作陶。

《周书》曰:神农作斤、斧。(明 王三聘《古今事物考》)

(神农)立历日。日中为市。(清 徐文靖《竹书统笺》)

三皇三正,伏羲建寅,神农建丑,黄帝建子。至禹建寅,宗伏羲;商建丑,宗神农;周建子,宗黄帝,所谓正朔三而改之也……([日]安居香山等《纬书集成》)

神农时政治清明，天下一心，每人都必须参与劳动，男耕女织，一人不耕则挨饿，一人不织必受其寒。人民勤劳朴素，顺应四时规律耕作休息，不因钱财起争端，也不恃强凌弱，强调阶级、君臣之法。"神农无制令而民从"，达到了"刑政不用而治，甲兵不起而王"的理想效果，这与道家思想中"无为而治"不谋而合。神农以仁心治世，上顺天时，下统万民，使人与人之间、人与天地之间达到和谐统一的境地，又与儒家倡导的"仁治""和谐"观念相通。自从有了阶级，强调君臣之礼后，神农之世成为文人政客头脑中的理想社会，他们在文章中歌颂神农政绩，极力倡导为政者以圣德修身、以万民福祉为宗。现摘取各时代文献中对炎帝政绩的书写，体会世代文人作为炎黄子孙的骄傲和对为政者的殷切期盼。

……夫亡者岂繄无宠？皆黄、炎之后也。（战国　左丘明《国语·周语》）

指炎神而直驰兮，吾将往乎南疑。

览方外之荒忽兮，沛罔瀁而自浮。

祝融戒而跸御兮，腾告鸾鸟迎宓妃。（战国　屈原等《楚辞》）

庖牺氏、女娲氏、神农氏、夏后氏、蛇面人身，牛首虎鼻：此有非人之状，而有大圣之德。夏桀、殷纣、鲁桓、楚穆、状貌七窍，皆同于人，而有禽兽之心。（战国　列子《列子》）

夫民之不及神农。

凡人之生也，财用足则隳于用力，上治懦则肆于为非。财用足而力作者，神农也；上治懦而行修者，曾、史也。（战国　韩非《韩非子》）

神农之世，男耕而食，妇织而衣，刑政不用而治，甲兵不起而王。神农既没，以强胜弱，以众暴寡，故黄帝作为君臣上下之义，父子兄弟之礼、夫妇妃匹之合。内行刀锯，外用甲兵，故时变也。（战国　商鞅《商子》）

泰古二皇，得道之柄，立于中央，神与化游，以抚四方。……是故禹之决渎也，因水以为师；神农之播谷也，因苗以为教。……乃至神农黄帝，剖判大宗，窍领天地，袭九窾，重九熟，提挈阴阳，嫥捖刚柔，枝解叶贯，万物百族，使各有经纪条贯。于此，万民睢睢盱盱然，莫不竦身而载听视，是故治而不能和下。（西汉　刘安《淮南子·俶真训》）

南方火也，其帝炎帝，其佐朱明，执衡而治夏，其神为荧惑。其兽朱鸟，其音徵，其日丙丁。（西汉　刘安《淮南子·天文训》）

《含文嘉》记：虙戏，燧人、神农。伏者，别也，变也。戏者，献也，法也。伏羲始创八卦，以变化天下，天下法则，咸伏贡献，故曰伏羲也。燧人始钻木取火，炮生为熟，令人无复腹疾，有异于禽兽，遂人之意，故曰燧人也。神农，神者，信也；农者，浓也。始作耒耜，教民耕种，美其衣食，德浓厚若神，故为神农也。《尚书大传》说：遂人为遂皇，伏羲为戏皇，神农为农皇也。遂人以火纪,火,太阳也。阳尊,故托遂皇于天。伏羲以人事纪,故托戏皇于人。盖天非人不因,人非天不成也。神农悉地力,种谷疏,故托农皇于地。天地人道备,而三五之运兴矣。

古者伏羲氏之王天下也,仰则观象于天,俯则观法于地。始作八卦,以通神明之德,以类万物之情。结绳为网罟,以田以渔。伏羲氏没,神农氏作。斫木为耜,揉木为耒,耒耜之利,以教天下。日中为市,致天下之民,通其变,使民不倦,神而化之,使民宜之。唯独叙二皇,不及遂人。遂人功重于祝融、女娲,文明大见,《大传》之义,斯近之矣。(东汉　应劭《风俗通义·三皇》)

（二）炎帝神农的文化遗迹

山西省

太原市

神釜冈 太原神釜冈，冈上有神农鼎，传说神农曾用此鼎熬制中草药。南朝任昉在《述异记》中记载："太原神釜冈中，有神农尝药之鼎存焉。成阳山中，有神农鞭草处，一名神农原，亦名药草山。山上紫阳观，世传神农于此辨百药，中有千年龙脑。"

高平市

羊头山 羊头山又称羊山、老羊山、首阳山，在长治县、长子县和高平市交界处，处于高平市东北17公里处的神农镇境内，海拔2000米，因山顶有形状长得像羊头的石头得名。羊头山是华夏始祖炎帝活动区域，是"神农获嘉谷之地"，有炎帝生活、农耕、祭祀活动的大量历史古迹。"羊头夕照"是高平八大风景之一，有诗云："羊头山上落日斜，余光低照野人家，巡行不谓

前程晚，犹纵青骢步月华。"20世纪80年代初在湖北神农架地区发现的史诗《黑暗传》中写道："神农尝百草，瘟疫得太平，又往七十二名山，去把五谷来找寻。神农上了羊头山，仔细找，仔细看，找到粟籽有一颗，寄在枣树上，忙去开荒田，播种才能成粟谷，后人才有小米饭。"神农在羊头山找到黍米从此有据可依。羊头山的黍米品质优良，《隋书·律历志》记载："上党之黍，有异他乡，其色至乌，其形圆重，用之为量，定不徒然。"古时有以此山生产的黍米定黄钟的规矩。汉《律历志》所载："以上党羊头山黍度之为尺，以定黄钟。"

神农城 神农城在羊头山西段的山峰上，始建于何时已不可考，今古城已毁，原建筑遗址大致能看出轮廓，残留的遗迹有石柱、石阶、水井石质井架、无字碑。神农城曾经是神农部落定居的地方，传说神农八代都在此活动，将农耕文化逐步扩散到上党地区、河东地区、中原地区。《元和郡县志》卷十五长子县下云："神农城，《后魏风土记》曰：神农城在羊头山上，山下有神农泉，即神农得嘉谷之所。"《泽州府志》《长子县志》亦皆言其为"神农得嘉谷之所"。据考证，神农城可能是秦汉时代祭祀神农氏的庙宇建筑，现在依然能捡到一些秦汉时的砖瓦。

神农坛 神农坛在羊头山西段主峰上，今已毁。

神农庙 神农庙在神农城中，据朱载堉《羊头山新记》所载："石之西南一百七十步，有庙一所，正殿五间，殿中塑神农及后妃、太子像，皆冠冕若王者之服。"今存只有土堆、残碑和断石。在山下新建神农庙一座，内设炎帝洗药池、炎帝神农殿等。

神农井与神农泉 神农城下六十步，神农庙前有白、清两泉，是神农泉。北魏《风土记》所载，"神农城在羊头山，其下有神农泉。一清一白，左泉白，右泉青，侧有井，谓之神农井，今存焉。"《太平寰宇记》卷四十五《长子县》云："神农井在县南五十里，出羊头山小谷。"《上党记》云："神农庙西五十步，有石泉二所，一清一白，甘美，呼为神农井。"神农井泉水甘甜，虽遇干旱而泉水不枯竭。神农泉是从山体中渗出的清泉，泉水随着石头水渠一路向下，经过两三个台阶后，流入一米方圆的水井，泉水汇集在井中，储存水量以供人们使用。传说神农井是神农所造，当年神农部落定居在羊头山，半山腰有清泉流出，神农带着族人凿井取水，拦蓄泉水，保证族人生活用水。传说神农曾用泉水洗药，药洗干净后再放入大锅中熬成药材。民间传说这股泉水可以治疗眼疾，用泉水点治眼睛两次眼疾便愈。神农井现已被填平，乾隆四十九年修缮泉眼，左泉称为白龙池，右泉称为青龙池。20 世纪 90 年代，神农泉还有泉水流出，但最近都已枯竭，只有在雨水充沛时才会有少量泉水。

五谷畦 五谷畦，在羊头山下，又称"井子坪"。此地只有半亩大小，却是中华农业文明的摇篮。传说神农在此开垦出一块平整的土地试验黍米，神农用神农泉的水来灌溉土地，培育出了五谷。后魏《风土记》："神农城在羊头山，其下有神农井，皆指此地也，地名井子坪，有田可种，相传神农氏得嘉谷于此，始教播种,谓之五谷畦。"朱载堉在《羊头山新记》中记载"井子坪有田可种,相传神农得嘉谷于此,始教播种,谓之五谷畦焉。"雍正《泽州府志》卷十二:"五谷畦,神农泉下,地名井子坪,有田可种。相传神农得嘉谷于此,始教播种,谓之五谷畦焉。"

清化寺 清化寺有上、中、下之分,上清化寺在羊头山上,始建于北魏孝文帝太和年间,原名定国寺。北齐改名为宏福寺,隋朝末年寺庙毁坏。唐朝武则天重建,改名为清化寺。如今清化寺留有三尊被革了头的石佛,明碑一通和遗存的石阶、石梁条,寺庙周围北魏至隋唐时期的造像和石塔依然有迹可循。碑刻是唐乡贡明经牛远敬撰写,上书:"此山炎帝之所居也,昔者摄提纪岁之后,燧人化火之前,穴处巢居,茹毛饮血,爰逮炎黄御宇,道济含灵。念搏杀之亏仁,嗟屠戮之残德,寻求旨味,以替膻腥,遍陟群山,备尝庶草,届斯一所,获五谷焉。记此灵奇,显其神异,石类羊首,遂立为名。于是创制耒耜,始兴稼穑。调药石之温毒,除瘵延龄,取黍稷之甘馨,充虚济众。人钦圣德,号曰神农。"

中清化寺又名莲花池、六名寺、今称神农庙,与上清化寺相距两百米,民间传说一夜之间清化寺从山上搬到了半山腰。有牲畜的人家半夜梦到有人借用牲畜,第二天早起,牲畜都累得气喘吁吁。人们上山一看,清化寺已搬到半山腰。中清化寺相传建于唐贞观年间,有上院和下院,上院已坍塌,残留石窟、造像、佛塔、莲花池。

下清化寺是原神农镇政府所在地,房屋砖墙结构较完整,屋顶倾圮，有关部门正着手修缮。

炎帝高庙 炎帝高庙位于庄里村，在羊头山西面山峰的顶峰，创建年代不详，最迟在汉代已有。这是祭祀神农氏的一座庙宇，又称为炎帝祠。该庙坐北朝南，分为上下两院，有正殿五间，中塑炎帝及后妃像。该地村民在三伏天来此祭祀炎帝，企求风调雨顺，五谷丰登。

炎帝中庙 炎帝中庙位于神农镇下台村，创建年代不详，据考证最晚在700年前。据碑记记载中庙为皇帝敕封。炎帝中庙坐北朝南，为三进院，分前、中、后三院，正殿面阔五间，廊柱下石础四面有雕刻，前檐有琉璃装饰。院西侧庙门上有"炎帝中庙"四个大字，是明天启二年（1622年）所立。现存山门、太子殿、正殿，两侧建有厢房、配殿、耳殿等。正殿相传是炎帝处理政务之地，太子殿是元代的建筑无梁殿。

炎帝下庙 炎帝下庙位于高平市东关，现存清康熙年间《重修东关炎帝庙碑记》石碑一通，上书："庙去县治几四十里，祭之期，恐远不逮焉，爰附东郭立庙，今所谓下庙是也。"下庙已毁，据推断，下庙建立时间应在宋或者宋之前。

炎帝陵 炎帝陵，神农镇庄里村，当地人叫五谷庙，又名皇坟。朱载堉在《羊头山新记》中写道："（羊头）山之东南八里曰故关村，村之东二里曰换马镇，镇东南一里许有古冢垣址，东西广六十步，南北袤百步，松柏茂密，相传为炎帝陵，有石栏、石柱存焉，盖金元物也。"光绪《高平县志》卷三："炎帝陵，在换马镇东南,广六十步,南北袤百步。石栏石柱存焉,金元物也。"传说炎帝尝百草,因误食"百足虫",肚子疼痛难忍,不能骑马,只好下马让人抬着走,下马的地方被叫作"换马村";炎帝半路晕厥不省人事,人们怎么呼喊都不答应,这个地方被叫作"不应村",后来演化成"北营村";炎帝死后,人们把他抬到一个山沟中,这个地方被称为"卧龙湾";炎帝装殓的地方,被称为"装殓村",就是现在的庄里村。据说炎帝的陵墓,在轩辕黄帝时就有了,宋罗泌《路史》:"神农氏七十世有天下。轩辕氏兴,受炎帝参卢禅,封参卢于潞,守其先茔,以奉神农之祀。"黄帝在古潞州封参卢,让炎帝后人世代守护先陵,奉行对炎帝的祭祀。

五谷庙 炎帝陵后有庙,谓之五谷庙,又称神霄殿,最迟在宋代时已有。该庙坐北朝南,周围有城墙,有上下两院,沿其中轴线分别有戏台、献台、山门、甬道、正殿,两侧有钟楼、鼓楼,钟楼上有古钟,正殿面阔五间,为元代所建,明代进行过大规模维修。屋顶正中的琉璃脊上刻"炎帝神农殿",背面刻有"大明嘉靖六年"的题记。殿内神台约一米高,刻有龙、麒麟等浮雕图案,为宋金遗物。神台上原有暖阁,塑炎帝及夫人后妃像;东西两面山墙上原有壁画;院内有四五十通碑,今俱废。五谷庙东厢房后墙上,嵌一石碑,碑高0.99米,宽0.66米,为明万历三十九年(1611年)立,书"炎帝陵"三个大字。厢房后为"炎帝陵",碑后有石洞,可通墓穴,墓内有盏万年灯,常年不熄。每年都有人来庄里炎帝陵祭祀,为万年灯添油。每年四月初八有祭祀炎帝活动。

炎帝行宫 炎帝行宫，位于城北15公里处故关村，创建年代不详，原名"黄花殿"。行宫内供奉的是炎帝的三太子，明成化年间《重修炎帝行宫碑》中记载："神农炎帝，磐基在故关里村前，肇基太古，无文考证。祠在换马村东南，现存坟冢，木栏绕护，然祠与宫相去几柒百余步矣。"四合院落，大约有100多平方米，正门向东，院内正殿坐北朝南，为三开间，对面有一戏楼。明天顺四年（1460年）至明成化五年（1469年），孟秋重修，创建宫殿五间；明崇祯十六年（1643年），对正殿五间进行重修，正东门改为圣贤殿三间,院内设有青石香台;清光绪八年(1882年)重修，修整前墙，并增修东西耳房各三间；清光绪三十四年增修东南耳房两间，东大门钟楼三间。原有壁画和"炎帝行宫"的金字匾，现在朝东的门首上刻有"炎帝行宫"的石匾。每年祭祀炎帝时，故关村都要送三太子给炎帝贺寿。

长治市

老顶山 老顶山又名百谷山、五顶山，在长治市东北五公里处,相传神农尝百草于此。北宋《太平寰宇记》载："百谷山与太行、王屋皆连，风洞泉谷，崖壑幽邃，最称嘉境。昔神农尝百谷于此,因名山建庙,仲春上甲日致祭。"这里山林葱郁,有神农泉、神农井、神农庙、百草园、神农铜像、神农洞等炎帝生活遗迹。

神农庙 百谷山原有三座神农庙，现如今全部被毁。山腰处滴古寺村的神农庙是规模最大的一座，又被称为百谷寺、柏谷寺、神农祠,创建年代不详。在北朝北宋武平四年重修,后经多次修缮,保存完好，在 20 世纪 40 年代不幸毁于战火。《大清一统制》中载："神农庙有二，一在长治县东百谷山，北齐时建……三月十八日有司致祭。"《潞州志》载："神农庙，北齐后主武平四年建。世传神农尝百谷于此山，因立庙焉。国朝登载祀典，洪武四年（1371 年）重建，正神号曰'炎帝神农氏之神'。"《潞安府志》卷七也载："神农庙，在东北十里百谷山，世传神农尝百谷于此，一云神农至百谷山得五谷，后人立庙祀焉。庙像甚古，北齐时重建。"据当地老人回忆，该庙坐北朝南，为一进院，正殿面阔三间，殿内中央塑炎帝坐像，腰围树叶，肩五谷，正殿周围壁画绘有炎帝尝百谷、采药草、制耒耜等画面。东侧有碑数通，院内依然有残留碑石。

百谷泉 神农庙前，有古寒泉一眼，《上党记》中记载："庙内有百谷泉，泉流成塘，石泉二所，一清一白，味甘美，呼为神农井。"现在乡政府办公楼下。洞口上书楷体"古寒泉"三字，泉水出处有琉璃龙头，一米外有圆形石井，为储水用，现已干涸。《潞安府志》称："百谷泉，在百谷山神农庙前，砥石涌泉，寺僧引为伏流，注为塘，由蠡口飞下大壑，注石子河，味甘。"炎帝在此尝百谷，找到五谷之后因有神力，泉眼中便滴出谷子解决百姓温饱。民间传说百谷泉很久以前滴谷，每次滴谷量无论人多人少都恰好够人食用。后来有人起了贪念，用石杵去捅泉眼，泉眼中滴落的成了糠，后又有人捅泉眼，泉眼飞出两只大白鸽。自此，泉眼不再滴谷，改为滴水，成为滴谷寒泉，是上党古八景之一。

神农古井 神农古井在神农庙后东北角，传说此井是炎帝开凿，炎帝曾饮用井中水，现今依然水量充足。

神农洞 在神农庙正东面的山坡上，有石洞一座，洞口朝西，在天然巨石上开凿成椭圆形入口，高1.7米，宽0.99米，洞深6米，高约3米。神农洞基本上是天然形成，少人工开凿痕迹，传说此洞是炎帝尝百草时居住的，又称"百谷洞"；又传炎帝在此洞制耒耜，又称"耒耜洞"。

老顶山炎帝铜像 老顶山炎帝铜像位于老顶山南面的半山腰上，高39米，炎帝披发而立，身着兽皮，手捧五谷，堪称亚洲第一、世界第二的大铜像。铜像一层设神农展览区。

发鸠山 发鸠山在长子县城西25公里处，又名鹿谷山、方山。山势南北绵延，最高峰1648.8米，东山脚下有清泉，是浊漳河之源。发鸠山传说是炎帝小女儿女娃誓填东海处。漳河水源头自古就建有神庙祭祀炎帝小女儿，也有说法称炎帝小女儿为浊漳河水神。

灵湫庙 灵湫庙位于长子县发鸠山，在浊漳河水源头，古时称为"泉神庙"，相传炎帝为了祭祀小女儿女娃建立。此庙创建年代已不可靠，庙内供奉炎帝夫人及两个女儿，正殿祀炎帝小女儿女娃。宋代政和元年长子王大定在《灵湫庙额记》中写道："县西四十里，有山曰发鸠，其麓有泉，涨水之源也。有神主之，庙貌甚古，岁时水旱祈祷，无不应验。"宋政和年间，王大定求雨有功，宋徽宗敕封山词为"灵湫庙"。明代朱载堉《羊头山新记》中记载："发鸠山下有泉，泉上有庙。宋政和间，祷雨辄应，赐额曰灵湫。盖浊漳水之源也。庙中塑神女者三人，旁有女侍，手擎白鸠，俗称三圣公主，乃羊头山神之女，为漳水之神，漳水欲涨，则白鸠先见，使民觉而防之，不致暴溺。羊头山神，指神农也。"庙正殿原有木制对联，上书："女娃理水，南经北纬，汇集神泉出灵湫；漳源泻碧，西流东注，灌溉上党万顷田。"

女娃坟 发鸠山上女娃坟遗迹有两处，一名女娃坟，一名皇姑坟。女娃坟在主峰附近，是一处砖瓦砾石聚成的大土堆，上面杂草丛生。坟前女娃祠，是三间小殿，殿内无塑像，仅存供台，供台石砖上依稀有"海水""海波"的字样。皇姑坟在主峰西北方向的山坡上，葬女娃的坟是虚冢，一说女娃是炎帝的女儿，皇帝的姑娘，俗称皇姑；一说女娃未出嫁而亡，取黄花姑娘之意。皇姑坟在1976年被盗掘。墓室门额上有"视死如归"，后有草书"难随山河留世上，别有天地非人间。"墓建于何时已不可考。传说发鸠山周围是一片汪洋，女娃母亲在河边洗衣服被河水冲走，女娃化身精卫，衔石填海。

黎岭 黎岭在长治县城北黎岭村西，又称羊头岭。相传是炎帝建立"耆"国的地方，《竹书纪年》记载："炎帝神农氏，其初国伊，又国耆，合而称之，又号伊耆氏。"耆国就在长治黎岭附近。黎岭顶上，有炎帝庙遗址，创建年代不详，新中国成立初被毁，如今院内遗留瓦当、琉璃碎片。

陕西省

宝鸡市

炎帝陵 炎帝陵在宝鸡市渭滨区神农乡常羊山上,相传是炎帝一世、二世的寝陵。现在能见的庙宇经过重修,分为陵前区、祭祀区、墓冢区三部分。陵殿内供奉炎帝塑像,炎帝陵在后山顶上,是圆形陵墓。

炎帝祠 炎帝祠位于宝鸡市河滨公园内,于20世纪90年代修建,每年清明、炎帝忌日、都会举行大规模祭祀活动。祠内设主殿、配殿、钟鼓楼、回廊等,正殿供奉炎帝坐像,殿四周彩绘炎帝制耒耜、耕稼穑、尝百草的功绩。

天台山 天台山位于宝鸡市南部,是国家级风景名胜区,景区内有神农祠、九龙泉、炎帝骨台寝陵等炎帝遗迹。传说炎帝在此尝百草身中断肠草之毒,安葬在莲花台。天台山上,原有停放炎帝遗体的骨台寝陵,现在遗迹不存,仅有汉白玉床。

神农祠 神农祠在宝鸡市渭河南岸峪家村,为纪念炎帝而建。《重修凤翔府志》卷三记载:"神农庙,一在县东郊,一在县九龙泉上。"清乾隆年间,重修神农庙,今有《重修神农庙九龙泉碑记》残碑,神农庙建国后被毁。后新建神农祠,神农祠坐南朝北,背土崖,面渭水,分为三院。神农祠南高北低,中有石阶相连。20世纪80年代,在原址上又新建一座炎帝大殿,内塑炎帝像,以供祭祀。

九龙泉 在神农祠外,又称"九眼泉"。据《帝王世纪》记载:"炎帝神农氏生长与姜水……东有浴帝九眼泉。"传说炎帝出生后曾在此洗浴,原有一通石碑,上面写"浴圣九龙泉",泉水四季不竭,后人在此泉边新建神农祠以纪念炎帝。"浴圣九龙泉"碑面只残有"九龙泉"三字,九龙泉泉眼因整修路基少了三眼泉水,现留有六眼泉水。

湖北省

随州市

烈山 烈山位于湖北省随州市厉山镇,又名列山、厉山,相传是炎帝出生地,也是炎帝焚火烧山、刀耕火种之地。烈山有九道山岭,钻断山、耕耘山、百草山、五帝山、三皇山、葫芦山、洞天山、登天山和寿星山沿龙脉河一字排开,犹如九条巨龙争先抢饮龙脉河水。烈山又被称为九龙山,山脉像九条龙守护这炎帝出生地,有"九龙捧圣"之意。如今,烈山已经成为华夏儿女祭祀炎帝的圣地。

日中街 位于烈山脚下。相传日中街是炎帝号召部落间进行交易的地方,当时物物交换要定一个时间,炎帝定在日中,于是日中为市,有了最早的贸易,此街便被称为日中街。

神农洞 神农洞在随州市殷店镇,传说是神农出生地。清同治《随州志》中记载:"神农洞,在州东北百二十里厉山之东,古有九井,《初学记》盛弘之《荆州记》云：随郡北界有厉乡村，村南有重山，山下有一穴，父老相传神农所生穴，口方一步，容数人，上有神农庙，即《荆州图记》永阳县西北二百三十里厉乡，山东石穴也。井在山北重堑，周之广一顷二十亩，内有地，云神农宅，神农所生处。神农既育，九井自穿，汲一井则众井水动，即此以为神农社，常年祀之。庖牺生于陈，神农育乎楚，考籍应图，于是乎在。《水经注》赐水西经厉乡南，水南有重山，即烈山也，是神农所生处。水北有九井，今湮塞，遗迹仿佛存焉，亦云厉乡，故赖国也。"山洞能容纳十余人，洞内迂回曲折，有石桌、石床。传说神农洞里有许多金器，金碗、金杯子等，周围人都能去借金器用，但用完必须归还。有人盗金器引神农震怒，将洞口封死。现在只有一点浅浅的洞口。

神农庙 神农庙创建年代不详，明代多次修缮。据地方志记载，殿内有炎帝塑像，牛首人身。《荆州记》云：民于此立社，好神农社，年常祀之，则其由来久矣。以后废建无可考，庙故有帝像，人身牛首，弘治四年知州杨宪易以冕服。嘉靖十年知州范钦率民修殿宇。万历末，知州王纳言重修。

湖北神农架林区 在湖北省西部地区，处于房县、兴山、巴东三县交界处，因古木参天，又被称为木城。此地流传很多神农炎帝的民间故事，相传神农在此采木建屋，没等完成便羽化成仙；独角兽麒麟火药兽白熊助神农尝百草、辨药性；神农在会仙桥与太上老君切磋药理。林区内保留与神农相关的地名。百草坪是神农尝百草的地方,仙升台是神农驾鹤升仙的地方。

神农祭坛 神农祭坛位于木鱼镇,在神农架林区的南端。神农坛分为天坛、地坛,天坛有炎帝牛首人身雕像,地坛取天圆地方之意做图案,中间用五彩石分别代表五行。从地坛到天坛的台阶均是九的倍数,代表了炎帝的天子地位。祭坛上陈设九鼎八簋、香炉、香案、金钟、法鼓列于坛前。

湖南省

株洲市

炎帝陵 湖南省株洲市炎陵县鹿原镇有炎帝陵,传说是炎帝安息的福地。据《酃县志》记载,在西汉时此地已有陵墓,等到西汉末年,民众为保陵墓不受战火侵害,将陵墓夷为平地。宋乾德五年(967年)重新建庙,陵庙屡坏屡建,屡建屡坏,历经千年沧桑。史料记载炎帝葬于"长沙茶乡之尾",茶陵县也因炎帝在此种茶安陵而得名。新中国成立后,炎陵县政府大力开展陵殿修复工程,时至今日,开发自然、人文景观20余处。

炎帝陵殿 炎帝陵殿位于炎陵县炎陵山西面山脚下,坐北朝南,为五进式,一进为午门,再进为行礼亭,再为陵殿,后为墓碑亭,亭后为炎帝墓冢。墓冢前有清道光七年炎陵县知县沈道宽所立的石碑。

神农大殿 坐落于炎帝陵景区,由大殿、配殿、连廊、方亭组成，大殿中间立神农雕像，一手执耒耜，一手执谷穗。大殿四壁都是歌颂炎帝功绩的壁画。

五子庙 五子庙在炎帝陵景区内，于1995年创建，根据炎陵地区流传着"炎陵出五子"的故事设计成仿古建筑。五子指神农天子、钟馗才子、孟姜女子、铁头太子、罗浮孝子。

神农洗药池 神农洗药池位于炎陵山顶，又名"天池"。传说炎帝曾在此洗药，池水冬暖夏凉，清澈见底，饮用可以健体。

龙脑石与龙爪石 传说炎帝去世后，灵柩经水运到达这里，顿时江水滔天，将炎帝的灵柩卷入江水中。灵柩沉入水底，进入石穴。原来是龙王感炎帝救命之恩特请炎帝到龙宫做客。天帝为惩罚龙王无理，下旨将龙王化为石龙，龙头成了龙脑石，龙爪成了龙爪石。龙脑石又称石龙鼓，巨石如龙俯卧江边，江水流过宛若鼓声震天。

鹿原亭 位于炎陵山山顶，相传炎帝出生后有三个母亲，神鹰为其庇荫，白鹿为其哺乳。此地为了纪念炎帝的白鹿母亲而建。

四

文化内涵

炎帝是中华民族的始祖神，他教民耕种，开创了农耕文明；尝遍百草，始创医药；制礼作乐，开创了音乐和美学；建立祭祀制度和交易原则；他制耒耜、用麻制衣、以丝为弦、以木为琴，善于思考，勤于实践，彰显了勇于探索的创造精神；他事事亲为，敢为人先，亲尝百草，身中剧毒而死，承载着牺牲自我的大无畏精神。他功绩无数，带领中华民族步入人类文明时代。炎帝是中华民族的象征，是民族自强不息的动力源泉，是民族奋斗精神的灵魂。

上古氏族领袖炎帝在历史的传承中存在颇多争议，炎帝与神农是不是一个人？炎帝与黄帝是不是亲兄弟？炎帝与蚩尤、祝融有何关系？炎帝究竟葬在哪里？学界普遍认为，炎帝与神农氏不是一个人，与烈山氏、厉山氏更加不同。在先秦的典籍中，炎帝和神农分开记载，炎帝的故事包括火和战争，而农耕、医药、贸易、音乐都是神农氏的功劳。西晋以后的书籍将二者合二为一，合称为炎帝神农氏。自此，他们的故事就紧密联系，难以分割。时至今日，大众普遍认为炎帝神农氏是一个人物名称，是中华民族的始祖神之一。有学者考察炎帝是姜炎部落首领的名号，整个姜炎部落的每一代首领都叫炎帝。相传炎帝传有八世，流传地域甚广，从陕西到山西，再到湖北、湖南，这些地方的炎帝古迹有可能是历代炎帝所留。世代民众将历代炎帝的功绩集合在炎帝身上，也就形成我们普遍认知中的炎帝神农氏。在本书中，我们姑且不论炎帝究竟是谁，单纯把炎帝作为中华民族的始祖神来认识，探讨炎帝为中华民族文明进程做出的巨大历史贡献。

（一）农耕文明的先声

炎帝生活在距今6000多年前，母系氏族社会转入父系氏族社会初期。在他发现谷物之前，先民们靠打猎捕鱼、采集野果为生，完全依赖自然资源获取食物，生活来源极不稳定。部落人口增多，生活需求也日益增大，炎帝作为氏族首领着手为民众找到一条能自给自足的生路，改变先民茹毛饮血的生活状态。

《管子·轻重戊》中记载："神农作，树五谷淇山之阳，九州之民乃知谷食，而天下化之。"[1] 谷物由自然的植物演变为可以栽培的食物，人食谷是天下开化的开始。炎帝的伟大实践奠定了中国农耕文化的基础，传说炎帝时代下了一场黍雨，掉在地上的都是谷子，炎帝便用谷子耕种，效果良好，其后便有了五谷和百果。谷种的来源还有丹鸟衔穗说。传说丹鸟衔九个穗禾从天空飞过，正好把穗禾掉在炎帝跟前，穗禾籽粒饱满，炎

---

[1] 管仲：《管子》，燕山出版社，1995年，第557页。

帝便开辟田地教民耕种。炎帝走遍了山岭河沟，经过多年辛苦，选出了麻、黍、稷、麦、菽五种可食用的植物，这就是"五谷"。神农种五谷的地方多有争议，湖北神农架地区发现的创世纪民歌《黑暗传》中有写道："神农上了羊头山，仔细找，仔细看，找到黍谷有一颗，寄在枣树上，忙去开荒田，播种才能成黍谷，后人才有了小米饭。"①这首民歌为山西高平羊头山上"神农种五谷"的故事正名，羊头山成为中国谷物种植的第一块土壤。

先民们在原始渔猎时期多吃野果、食生肉，人类难以完全消化，很多人染上疾病，甚至死亡。谷物的发现解决了这些问题，一方面人们吃了无毒的谷物不会突然生病，因食而亡；一方面人们掌握了顺应天时种植谷物的方法，不再担心长时间挨饿。人类在残酷的自然环境中由被动变为主动，开始改造自然，逐渐过上自给自足的生活。民以食为天，谷物的发现从根本上解决了人们的食物需求，这对人类社会的发展有极其重要的意义。

炎帝不仅发现了种植谷物的方法，他还创造性地发明了耕种的工具——耒耜。《周易》记载："包牺氏没，神农氏作。斫木为耜，揉木为耒，耒耨之利，以教天下，盖取诸益。"②耒耜是古代耕田时翻土的工具，据说是炎帝根据野猪拱地的样子造成，先秦时代最为盛行。中国古代把炎帝视为农神，尊称为神农。神农与耕种之间还有很多联系，传说神农神通广大，想要晴天就是晴天，想

---

① 见《神农架〈黑暗传〉多种版本汇编》，为农民张忠臣所藏手抄本。
② 《周易》，朱熹注，上海古籍出版社，1987年，第64页。

要雨天就是雨天，在他帮助和治理下，先民收成良好，再也不会饿肚子。王充在《论衡·感虚》中写道，"神农之揉木为耒，教民耕耨，民始食谷，谷始播种，耕田以为土，凿地以为井。井出水救渴，田出谷以拯饥。"[①] 炎帝还依据先民的需要发现了一系列配套的农耕措施，凿地为井，便于储存水。炎帝众多的遗迹中，还有大量炎帝凿水井、开泉眼的遗存，以山西东南部为例：长治百谷山上存有两处神农井，一处在神农庙遗址后方，井口样式古朴，不经雕琢，井后墙面上写着"神农古井"四个大字，古井水量充足。另一处是百谷泉，原在神农庙内，传说炎帝在此种谷物，这个泉眼流出的不是水而是谷子。有人不知满足，想扩开泉眼，泉眼扩开之后就不再滴谷，开始滴水。如今百谷泉已经干涸，村民依然在每月的初一、十五过来烧香祭拜。在山西高平市羊头山，有白、清两口泉眼遗址，称为神农泉。传说炎帝在羊头山定居，半山腰有泉流出，炎帝带人凿井取水，储蓄水源。左泉白、右泉清，两泉相隔不到十米，用石块砌成，造型古朴，原始意味犹存。除此之外，许多民间故事流传炎帝驯化动物、制作陶器等。他驯化牛作为耕田的主力，进一步解放人力，加快了农耕进程；开始制作陶器，用来储存粮食。上述两项鲜有文献记载，多是民众口耳相传，在这些传说背后是民众对于炎帝的崇拜与敬意。

  炎帝是农业之祖，谷物和种植工具的发明对农耕文明具有

---

① 王充：《论衡》，岳麓书社，1991年，第77页。

不可估量的意义，中华民族开始从渔猎文明走入农牧时代，先民从漂泊不定的游猎生活转向定居，从野蛮走向文明。炎帝关于农业的一系列发现，为原始先民带来福祉，是人类走向文明的一大步。

（二）医药文化的开端

中国的医药文化最早出现在新石器时代，传说是炎帝和黄帝时代。神农尝百草的故事流传在中华大地，传说神农尝遍百草，体察出植物寒、温、平、热的特性，分辨出哪些草药可以治病，是用草药治病的始祖。

远古时代人们无法分辨食物的毒性，在采食、渔猎的过程中，不可避免地会误食生病，小病三五日，大病则夺人性命。《淮南子·修务训》中写道："古者，民茹草饮水，采草木之实，食螺蚌之肉，时多疾病毒伤之害。于是神农乃始教民播种五谷，相土地，宜燥湿肥饶高下，尝百草之滋味，水泉之甘苦，令民知所辟就。当此之时，一日而遇七十毒。"[1]炎帝心怀万民，遍尝百草以救治民众。炎帝行走在茫茫大山间，仔细品尝各种药草滋味，感受药草疗效，让民众知道哪些可食，哪些不可食，避免为疾病所困。

---

[1] 刘安：《淮南子》，中华书局，2009年，第263页。

民间传说他在尝百草的途中，分辨出了生姜和茶叶，认为生姜的名字由姜炎发现故起名生姜；茶叶让炎帝神清气爽，故而命名发现茶叶的地方为茶陵，也有了后来的炎帝葬于茶陵的说法。

炎帝分辨药草有两种方法，一是亲尝，二是用工具"赭鞭"鞭草。最初需要判定一种植物的特性必须亲尝，炎帝为了分辨药性，必须每一株都亲自尝过才能下结论。在人类认识医药的初级阶段，尝草药是一个漫长的过程，炎帝必须经过无数次的实践才能有所辨别。原始时代植物多样且必须亲尝才能辨其药性，试想炎帝尝过的药草又何止百千。文献记载炎帝一天身中七十种毒虽然有些夸大，但炎帝在尝药过程身中数毒是免不了的。第二种辨别草药的方法是鞭草，传说炎帝有一条"赭鞭"，经过"赭鞭"鞭打的植物能立即显示出它的药性。干宝《搜神记》中记载："神农以赭鞭鞭百草，尽知其平、毒、寒、温之性，臭味所主，以播百谷。故天下号神农也。"① 炎帝为了民众的生计，不辞劳苦、不畏艰辛，神仙大概是不愿炎帝过于辛劳，为他配上一把能辨百草的神鞭加快他尝百草的速度。人们在神性的炎帝身上添加了能辅助他的工具，传说炎帝有个透明的肚子，吃入草药后可以观察药草进入各个器官的样子，以此来分辨药性。民间传说炎帝身边有个异常有灵性的獐狮狗，它通体透明，每次在炎帝尝药前抢着吞入自己的肚子里，让炎帝观察药物在自己身体里的反应。这些故

---

① 干宝：《搜神记》，岳麓书社，2015年，第1页。

事都聚集了古代人们对于神农尝百草的各种想象，寄托了古代人民对于炎帝的美好祝愿。在蛮荒的年代，或许炎帝真的随手拿着一条皮鞭开辟道路，随身跟着一只狗尝遍百草。

发现医药的道路充满危险，炎帝最后因尝药而死。很多地方流传着炎帝死葬的传说，山西高平有炎帝误食"百足虫"而亡的传说，百足虫浑身发黑，遍体无骨，现在羊头山上还能看到这种虫子，此地还存有炎帝死葬有关的地名传说。陕西流传着炎帝食"火焰子"而亡的故事，也存有很多历史遗迹。文献记载炎帝葬于茶乡之尾，也就是现在湖南炎陵县，此地流传着炎帝水葬的故事。还有炎帝中"断肠草"之毒而死的版本，据说人吃了断肠草后肠子寸寸断裂，无药可治，炎帝最终不能幸免，对药物的探索至此中止。炎帝对药物的探索本就是用自己的生命在冒险，他为拯救万民踏上冒险之路，甘愿自我牺牲为民谋利，这种大无畏的精神感动了每一个中华儿女。

"神农和药济人"[①]，在尝百草的过程中，神农发现了具有祛病、保健功能的中药，用中草药医治疾病，结束了原始先民有病不知、有病不能治的时代，开辟了中草药治病的先河。炎帝被尊称为"医王"和"药王"，是中药的始祖。后人在炎帝尝百草、知药性的基础上对中草药加以探索，积累了许多药物知识。这些药物知识在实践过程中得到确认，古人用书籍的方式呈现出来，并感恩炎

---

① 《世本》，宋衷注，时代文艺出版社，2008年，第93页。

帝功德把书命名为《神农本草经》。书中总结了原始社会的用药经验，是迄今最早的药物学专著，现在仍然发挥作用，对中医的发展起着积极作用。

　　炎帝开创了中国医药文化，他发现草药能救人性命，开始探索治病疗疾的方法；他尝遍百草，为中草药发展奠定坚实基础；他辨识草木之性，依据药理治病救人，改变了先民得病难治的状况；他勇于实践，为尝药奉献出自己的生命。炎帝是我国医药文明的始祖，为世代万民留下了中药这笔宝贵财富。

(三）礼乐文化的萌芽

礼乐文化是中国传统文化的重要组成部分，兴盛始于西周时期，周公制礼作乐，实行德政，强调等级。孔子在东周"礼崩乐坏"后继承了礼乐文化的传统，以"仁"为价值内涵重建礼乐文化，强调人自身的道德修养、情感、伦理观念。礼乐文化成为建立崇高人格，维持社会和谐的有效手段。周公制礼作乐不可能一蹴而就，在此之前礼乐文化必定有漫长的发展期。礼乐文化的起源与中华民族的起源密切相关。原始社会是礼乐文化的萌芽期，农耕经济的出现和稳定的定居环境是礼乐文化产生的基础。在炎帝神农氏统治时期，原始先民具备了以上条件，开始形成最初的礼文化和乐文化。

礼文化早期的表现形式是祭祀仪式，郭沫若认为"礼"的字形由"豊"发展而来，是一个器皿里盛有两串玉器来奉神，"大概礼之起源于祀神，故其字后来从示，其后扩展而为对人，更其后拓展而为吉、凶、军、宾、嘉的各种仪制。"[1] 礼最初起源于祭祀神灵的仪式活动。先民在蒙昧时期将不能解释的自然现象归结为神力,将自然与自我同化,认为万物由神灵主宰,祭祀活动就是对超自然力的崇拜。炎帝始创夏祭、腊祭,东汉许慎《说文解字》中载:"雩,夏祭乐于赤帝,以祈甘雨也。"[2] 夏祭的目的是敬神求雨,求雨活动只有在农耕出现后才有现实意义,所以农业生产与祭祀活动息息相关。唐代杜佑在《通典》中认为:"伏羲以俪皮为礼,作瑟以为乐,可为嘉礼;神农播种,始诸饮食,致敬鬼神,昔为田祭,可为吉礼;黄帝与蚩尤战于涿鹿,可为军礼;九牧倡教,可为宾礼;《易》称古者葬于中野,可为凶礼……故自伏羲以来,五礼始彰。"[3] 杜佑认为腊祭是最早的吉礼,可见古人同样把礼文化的起源追溯到原始社会。腊祭是庆祝农业丰收的酬神仪式,相传由炎帝创立。在每年十二月年末,炎帝命人集合各种祭品(包括牺牲和百谷)祭祀天地神灵,企图用一系列祭祀仪式对神灵产生影响。先民渐渐将祭祀活动的时间、内容固定下来,形成一套原始部落的制度和风俗,也形成了最初的祭祀文化。腊祭活动同样需要建立在农业生产的基础上,百谷作为祭品便是最好证明。在后来的腊祭中人们普遍祭祀农神,先对神农奉祭,再对后稷奉祭,显示出炎帝与原始祭祀难以分割的情况。礼乐文化深刻的思

---

[1] 郭沫若:《十批判书》,中国华侨出版,2008年,第57页。
[2] 许慎著,孔颖达注:《说文解字注》十一篇下,第574页。
[3] 杜佑:《通典》,中华书局,1984年,第241页。

想内涵在西周开始建立,但作为敬奉神灵的实践活动应起源于原始社会。炎帝神农氏时期出现原始祭祀活动是礼文化的先声。

乐文化与炎帝渊源颇深,古琴是乐文化的载体,原始时期的"乐"单指琴乐。著名学者罗振玉根据甲骨文中的"乐"字,认为乐有"琴瑟之象",是琴的象形字。郭沫若进而做出解释,直接把"乐"的本意解释为"琴",认为乐就是原始的"琴"字,引申为音乐后失去了本意。由此可推断,乐和琴二者在原始社会完全相同,古琴的创制时期是我国乐文化的源头。古琴的创制有多种说法,伏羲制琴、神农制琴、大禹制琴等,而神农制琴说记载的更为详细确切。东汉桓谭《新论》中记载:"琴,神农造也。琴之言,禁也。君子守以自禁也。昔神农氏继宓羲而王天下。上观法于天,下取法于地。于是始削桐为琴,练丝为弦,以通神明之德,合天地之和焉。神农氏为琴七弦,足以通万物而考理乱也。"[①] 炎帝削桐木为琴,绕丝为弦,做出了五弦琴,有宫、商、角、徵、羽五音。圣人制琴取法于天地,为的是通天地之阴阳,感受万物灵气,沟通神明之意,强调一种顺应自然、感受自然、与万物同化的心灵感应。琴音也是君子规制自身行为的途径。君子抚琴感怀、传情通意、陶冶身心,达到有所为有所不为的精神修养。琴的创造意味着乐文化正式登场。

礼乐文化萌芽时期的主要表现是祭祀仪式和音乐。在祭祀活

---

① 桓谭:《新论》,上海人民出版社,1977年,第63页。

动中不仅有作为礼文化的事神仪式，还有作为乐文化的事神歌舞，事神活动肇始于炎帝有据可考，乐舞与仪式又相辅相成、不可分割。再加上神农首制琴音，标志着"乐"的生成，炎帝神农氏直接促成了原始礼乐的产生。礼乐文化极大地推动了社会发展，它是早期民族发展的动力，使得先民由野蛮时代过渡到文明时代。千百年来，礼乐文化贯穿着人们生活的方方面面，影响着人们的思想和行动。它成为一种民族文化精神的体现，是中华民族传承千年的精神力量。

炎帝文化内涵丰富、博大精深，他教化人民日中为市，开创了原始贸易，互通有无，建立了日中为市的传统，形成我国最早的市场文化。炎帝是火师，火文化是炎帝文化的重要组成部分。原始社会火的地位十分重要，火可取暖、驱赶野兽，也能将生食变为熟食，对人类生存有至关重要的保护作用。炎帝的各项发明解决了原始先民在生产生活中遇到的多种困难，带领先民从茹毛饮血的野蛮时代跨入自给自足、知礼明事的文明时代。农耕文化满足人们最基本的食物需求，人类在大自然中重新找到自己的定位，发挥主观能动性，开始建立自给自足的生活体系。医药让病痛成为可解释的生理现象，神农尝百草为医药文化奠定了坚实基础。神农制琴作乐、设立祭祀，开创了原始礼乐文化，满足人们更高级的精神追求，是原始文明的最高形式。这一系列文化是原始先民的伟大进步，奠定了中华民族蓬勃发展的基础。

丰富的炎帝文化铸就了伟大的炎帝精神，包括他自强不息的奋斗精神、善于开拓的创新精神、心怀天下的无私奉献精神等。炎帝的功绩为后世带来充实的物质财富，而他的精神影响了每一名中华儿女，时刻提醒中华民族要树立自强、自信、自立的品质；秉承善于发现、勤于实践的创新理念；提倡舍生取义的无私奉献精神。炎帝精神是民族精神的灵魂，具有强大的精神力量，它激发了炎黄子孙对民族和先祖的集体认同感，形成情感纽带，是融贯中华民族的核心凝聚力。时至今日，炎帝精神依然有深刻的时代价值和现实意义，是实现国家繁荣昌盛、社会平稳进步的重要力量源泉，是实现中华民族伟大复兴的基石之一。

（四）勇于探索的创新精神

炎帝是中国上古历史中发明创造的集大成者。在原始社会蒙昧时期，他通过不断观察自然积累生产经验，善于思考，勤于实践，发现了五谷、中草药，发明了农具、五弦琴，开创了最初的市场文化、管理制度和祭祀活动，极大地改善先民的物质生活和精神生活，带领原始先民从野蛮走向文明。炎帝的创新体现在物质创新、制度创新和文化创新三个层面，在解决了人们的衣、食、病等基本的生活问题后，炎帝着眼于整个社会制度的创新，建造更为合理有序的社会秩序。农业经济的发展带来文化的进步，炎帝设立祭祀活动、制琴形成美的体验，满足先民的精神追求。

炎帝大多数发明创造基于原始先民的生活需求，属于物质创新。炎帝发现了五谷，发明了耒耜等农业生产工具，开创了农耕文明。炎帝扩展了火的用途，作瓦器、制陶，创造了一些人们可用的生活工具。上古人类无衣可穿，一入冬，人们身体难以抵抗严寒，很多人熬不过寒冬。炎帝发现麻泡水之后又细又长，而且柔软坚韧,开始思考如何利用这种植物的特性,他尝试着让人用骨针将麻线编织成麻布,披在身上有保暖的作用。他大力推行用麻做衣,《吕氏春秋》记载:"神农之教曰:'士有当年不耕者,则天下或受其饥矣;女有当年不绩者,则天下或受其寒矣。'"① 可以预想,纺织在先民生活中已经占据重要地位。原始社会人们饱受疾病折磨,毒虫野兽也是先民生存的最大威胁。炎帝不能坐以待毙,他开始积极探索,寻找能疗伤治病的东西。经过长时间的摸索,炎帝发现有些药草能减缓病痛的症状,他悟出治病的办法藏在漫山遍野的草木中,所以他亲尝百草、辨药性、和药济人,从而完成了原始社会一项重大突破。

人类社会由渔猎文明走向农业文明,需要变革旧的社会制度以适应生产力的发展。身为氏族首领,炎帝不仅致力于满足人们物质生活方面的需求,他需要建立有效有序的社会环境保证部落安全稳定,于是他着手建立新的社会制度。首先,他树立了明确的男女分工概念。渔猎文明中,男女共同参加捕猎活动,女人也是获取食物的主要劳动力。农耕和纺织出现后,人们有了相对稳定的衣食来源,逐渐开始定居下来,形成了男耕女织的分工模式。《商子》中记载:"神农之世,男耕而食,妇织而衣,刑政不用而治,甲兵不起而王。"② 男人耕田,女人织衣,形成一种新的分工制度。

---

① 吕不韦编著,民俗文化编写组编译:《吕氏春秋》,中国致公出版社,2003年,第137页。
② 商鞅:《商君书》,上海人民出版社,1974年,第57页。

每一个部落人员必须参与到生产活动中来,炎帝和他的妻子也要如此。其次,炎帝设立了原始市场,实行物物交换。人类在渔猎时期生产力低下,自身温饱难以维持,没有剩余的食物或器物能用来交换。只有在生产力相对发展的时代,人们才有余力换取物品。人与人之间交换彼此需要的物品,你需要我的粮食,我需要你的陶罐,人们为了交换奔波劳累,有时还无功而返。部落间也需要互通有无,但也很难找到途径。炎帝看到这些情形,决心把人们聚集起来一起进行交易。《周易》记载炎帝时期,"日中为市,致天下之民,聚天下之货,交易而退,各得其所。"[①]当太阳上升到大地的中间,人一天影子最短的时候,人们可以在固定的地点进行交换,获取自己需要的东西。这项创新举措既保证了生产时间,又保证了货物交易质量,还能沟通部落与部落关系,一举多得。最后,炎帝创立了部落议事会,形成部落集团的管理制度。议事会主要讨论部落内的公共事物,部落人员可以在会上发表自己的意见。同时,议事会还负责与其他部落的交往,处理战争、缔结盟约等事宜。炎帝还组建了自己的"智囊团",帮助他出谋划策,解决部落遇到的困难。组织成员有悉诸、赤松子、太乙小子、九灵等。炎帝根据每个人的事务,分配专门的管理人员,有主管挖井的大臣、主管占卜的大臣、主管祭祀的大臣、主管乐器乐舞的大臣等。他依据部落各项需求,建立了新的管理制度。

---

① 《周易》,朱熹注,上海古籍出版社,1987年,第64页。

文化创新体现在仪式和信仰中。炎帝万物有灵的自然观念和图腾崇拜是原始先民最主要的精神信仰，先民把不可解释的自然现象幻想是神力所为，认为通过祭祀活动可以达到人与神的沟通，得到神灵的庇佑。炎帝有朴素的自然观，他认为谷物是上天的恩赐，人们喜获丰收后举行祭祀活动应该感谢上苍恩德。神农制琴看似是一项普通的创造，但是音乐开辟了人类认知世界新领域，通过音乐得到了心灵的慰藉。新事物的出现带来先民精神信仰的创新，信仰和仪式的创新拥有持久影响力，腊祭和雩祭的风俗至今在百姓的生活中依然存有广泛影响。

炎帝在艰苦的自然环境下勇于探索，实现了物质创新、制度创新和文化创新，带领中华民族向文明迈进了一大步。中华儿女要继承炎帝创新精神，善于发现、勇于创新、勤于实践，不断增强创新意识、提高创新能力、加强创新实践，延续中华文明的优秀传统，弘扬中华民族的精神内涵。

（五）自强不息的奋斗精神

天行健，君子以自强不息。炎帝之所以能带领先民进行多样探索，根源在其身上有着自强不息的奋斗精神。原始社会生产力低下，人类生存艰难，时不时会受到野兽攻击，还要担心恶劣天气，害怕山洪、大火、雷雨。人类最初是完全依赖自然、顺应自然，没有和自然抗争的能力。炎帝相信人可以通过努力改善现状，他有极强的自信，能在自然中找到规律，依照自然规律勇敢地斗争。炎帝勇敢面对生存的挑战，从不回避退缩，有着积极坚韧的态度；他不畏前路坎坷、毅然决然踏上九死一生的尝药旅途，有着不畏艰险的刚健品格。炎帝积极进取、永不放弃的精神，是自强、自信、自立的奋斗精神。

直面险恶的自然环境并改变之，要求炎帝具备积极坚韧的态度。炎帝遇到自然的挑战从不退缩，而是迅速找到问题的关键，着手积极应对。他的神话故事大部分讲的是他发现问题和解决问题，他走遍山岭寻找五谷，解决粮食不足的问题；人们无衣可穿，他想方设法以麻制衣,解决保暖问题;为了人们方便物物交换,他设立日中为市;农耕之后,人们有余粮但无法储存,他便用土烧制为陶,解决粮食储备问题。拥有积极坚韧的人生态度,遇到问题不回避,有什么难题就解决什么难题,通过思考产生解决问题的方法。

新事物不会一蹴而就,它的生成要经过无数次探索与失败。炎帝的尝药之路是九死一生的生死挑战。炎帝亲自尝试,吃到毒草浑身不适是常有之事,人们传说炎帝一日遇七十毒,夸张又真实。民间流传故事中存有大量炎帝尝药时昏厥的情节,有时炎帝能及时自救,有时就要费尽周折才能活命,甚至最后,炎帝死于尝药。炎帝每次尝药失败都未轻言放弃,他执着的一次次站起来,不畏艰难,继续前进。正是他的进取精神,给中华儿女带来了中草药的福祉。民间流传炎帝氏族有两种不同的图腾,羊图腾和牛图腾。羊图腾取自炎帝姓"姜",而"姜"字从"羊"。牛图腾首先是因为大量文献记载炎帝"牛首人身";其次人们认为炎帝驯化牛作为犁地工具,至今上党地区在中元节仍有敬牛仪式,湖北会同一带存在神牛信仰。牛的形象蕴含勤奋、坚韧、进取之意,这也是炎帝身上具有进取精神的一种折射。

炎帝自强不息的奋斗精神不止在他身上,还渗透到与他相关联的神话人物。炎帝的小女儿女娃,一日乘舟玩耍,溺于东海,死后化为精卫鸟。为防海水肆虐取人性命,精卫衔西山之石,誓填平东海。精卫鸟不畏惧东海辽阔,一点一滴地尽自己所能改变现状，它不畏强权、百折不挠的精神与炎帝不畏挑战、自强不息的精神紧密相关。根据《山海经》记载，夸父是炎帝的后人。他身材伟岸，一心追逐太阳，中途口渴，饮河、渭之水不足，道渴而死，化为邓林。夸父追逐太阳是当时人们认识自然的一个缩影，他不畏艰辛、一路前进也是积极进取、努力奋斗的体现。精卫填海和夸父逐日的故事背后是绳锯木断、水滴石穿的勇气和毅力，是人类认识自然、改造自然的顽强精神，与炎帝自强不息奋斗精神一脉相承。

自强不息的奋斗精神是升华后的民族精神，它有强大的生命力，不断激励中华儿女积极进取、努力奋进，使中华民族历经磨难依然生生不息。我们要秉承刚健有为的进取精神，克服人生道路上的艰难险阻，为社会进步贡献一份力量；还要大力弘扬奋斗精神，顽强拼搏、自信自强，进一步推进国家富强，实现民族复兴的伟大梦想。

(六)无私奉献的大公精神

炎帝精神的最高境界是心怀天下、为民谋利的奉献精神。炎帝时代处于原始社会母系氏族社会向父系氏族过渡的关键时期,他作为氏族部落首领,不顾个人安危,身先士卒,体现了无私奉献的精神;他以身行德,鞠躬尽瘁、死而后已,是高尚人格的典范;他以万民福祉为先,忧民之利、除民之害,是民本思想的首创者和实践者。

原始社会时期,部落首领由民众推选而来,有能者居之。这些首领要有丰富的生活、生产经验,具有朴素的大公意识和献身精神,真正抱着为民谋利的态度服务民众。炎帝更是如此,他是伟大的氏族首领,创立农耕,解决了食物短缺问题,改变了先民逐水草而居的迁徙生活。炎帝和妻子在部落没有特权,他亲自耕种,妻子亲自织衣。圣人忧劳百姓,疾病肆虐时炎帝以身试药,不畏牺牲,尝药使他面容憔悴、面色黧黑,还有民间故事流传他的皮肤因为尝药变得铁青,甚至他的生命终结在尝百草的路上。

炎帝有强烈的社会责任感，为实现社会理想他不惜牺牲生命，为了万民福祉他行走奔波，这是可贵的奉献精神，为人民献身，为中华民族献身。

炎帝是原始时代发明创造的集大成者，为民温饱寻五谷，为民省力创农具、为民安康尝药草，为民便利立市场、为民安乐制琴乐，每一项发明创造都以民众为先，大大改善民生，免除民众疾苦，这是炎帝民本思想的体现。历代统治者祭祀炎帝，一是纪念炎帝为农耕文明做出的伟大贡献，祈求风调雨顺，五谷丰登；其二是为了宣传统治者以民为本的态度。例如明朝统治者每年在北京先农坛祭祀炎帝，皇帝要率领百官执鞭扶犁，在田里亲自耕种，以示皇帝与民同耕、以农业为本、以民为本。炎帝先天下之忧而忧，身先士卒和为民谋利，以非凡的智慧和能力造福民众，推动中华民族进入新的文明时代。

"昔者神农治天下，务利之已矣，不忘其报；不贪天下之财，而天下共富之；不以其智能自贵于人，而天下共尊之。"原始社会生产力低下，但社会形态是"天下为公"的高级形态，具有极强的凝聚力。炎帝的民本思想和自我牺牲精神是中华优秀的文化传统和民族精神，要求我们秉承炎帝为民谋利的奉献精神，重视个体对社会、国家的贡献，发扬艰苦奋斗的优秀传统，努力实现共同富裕的社会理想。

炎帝精神由炎帝文化而来，随着中华民族发展壮大，其内涵形成中华文化传统的一部分，内化为中华民族生生不息的精神力量，是民族精神和智慧的源泉。诸如勇于探索的创新意识、自强不息的进取精神、身先士卒的英雄气概、不畏强权的精神气度、无私奉献的崇高品德、以人为本的务实态度、造福万民的社会理想等等。炎帝精神是创新的、进取的、无私的，它激励着一代代中国人勇往直前、奋发向上、开拓创新，对社会发展和民族进步产生了广泛而深刻的影响。

中华民族是多元一体化的民族，炎帝、黄帝被公认为是各民族的始祖，他们在黄河流域建立了第一个大规模的中原文化政权，为中华民族的形成和统一奠定了坚实基础。

历史总会留下痕迹，炎帝生活的时代距今非常遥远，无法用史料证明，但历史遗迹和民间信仰流传数千年仍有继续流传。时至今日，全国各地还在举行祭祀炎帝的活动，民众自发在炎帝庙会时拜谢始祖，政府部门也积极组织大型公祭活动歌颂炎帝功绩、宣传炎帝文化和精神。

在今天，我们纪念炎帝、弘扬炎帝文化、传承炎帝精神依然有时代价值和现实意义。

其一，炎帝文化是维系华夏民族的精神纽带，对与加强海内外中华儿女的民族认同感，增强民族凝聚力、向心力发挥了巨大作用。中华民族是多元一体化的民族，炎帝和黄帝被视为血缘始祖，由此生发出中华儿女血浓于水的民族情感认同和价值认同。这对于维护祖国统一、民族团结对于实现国家富强、民族复兴有不可估量的意义。

其二，炎帝精神是民族精神的力量源泉，激励炎黄子孙与时俱进、开拓创新，使中华文明历经千年而日益壮大、时有磨难却从未断绝。炎帝精神是中华民族自尊、自信、自立、自强的源头，是民族精神的根基和灵魂。它推动中华文明不断丰富、发展、创新，为中华民族留下了博大精深的灿烂文化、自强不息的精神力量。在新的时代环境，进一步弘扬炎帝文化、传承炎帝精神，对增强民族凝聚力和向心力，建设中华民族精神家园，发扬中华民族精神具有十分重要的意义。

参考文献

1. 商鞅.商君书[M].上海：上海人民出版社，1974.
2. 桓谭.新论[M].上海：上海人民出版社，1977.
3. 杜佑.通典[M].北京：中华中局，1984.
4. 罗泌.路史[M].北京：中华书局，1985.
5. 朱熹注.周易[M].上海：上海古籍出版社，1987.
6. 左丘明.左传[M].长沙：岳麓书社，1988年.
7. 陈庆浩，王秋桂.中国民间故事全集·山西民间故事集[M].台北：远流出版事业股份有限公司，1989.
8. 陈庆浩，王秋桂.中国民间故事全集·湖南民间故事集[M].台北：远流出版事业股份有限公司，1989.
9. 王充.论衡[M].长沙：岳麓书社，1991.
10. 上海民间文艺家协会、上海民俗学会.中国民间文化——民间口承文化研究[M].上海：学林出版社，1993.
11. 钟宗宪.炎帝神农信仰[M].北京：学苑出版社，1994.

12. 管仲. 管子[M]. 北京：燕山出版社，1995.

13. 周扬，钟敬文，叶增宽，等. 中国民间故事集成·陕西卷[M]. 北京：中国 ISBN 中心，1996.

14. 周扬，钟敬文，李致，等. 中国民间故事集成·四川卷上[M]. 北京：中国 ISBN 中心，1998.

15. 周扬，钟敬文，李致，等. 中国民间故事集成·四川卷下[M]. 北京：中国 ISBN 中心，1998.

16. 周扬，钟敬文，李进，等. 中国民间故事集成·江苏卷[M]. 北京：中国 ISBN 中心，1998.

17. 高平文史资料委员会. 高平炎帝陵[M]. 高平出版社，2000.

18. 高平市炎帝故里开发管理处. 炎帝史料掇拾[M]. 高平出版社，2002.

19. 吕不韦编著，民俗文化编写组编译. 吕氏春秋[M]. 北京：中国致公出版社，2003.

20. 王树新主编，《高平金石志》编委会. 高平金石志[M]. 北京：中华书局，2004.

21. 宫长为，郑剑英. 炎帝神农氏——中华远古文明追索[M]. 北京：中国文史出版社，2005.

22. 郭沫若. 十批判书[M]. 北京：中国华侨出版社，2008.

23. 刘安. 淮南子[M]. 北京：中华书局，2009.

24. 干宝. 搜神记[M]. 长沙：岳麓书社，2015.